名师推荐新课标阅读书目

MINGSHI TUIJIAN XINKEBIAO YUEDU SHUMU

希腊神话故事

XILA SHENHUA GUSHI

崔钟雷 主编

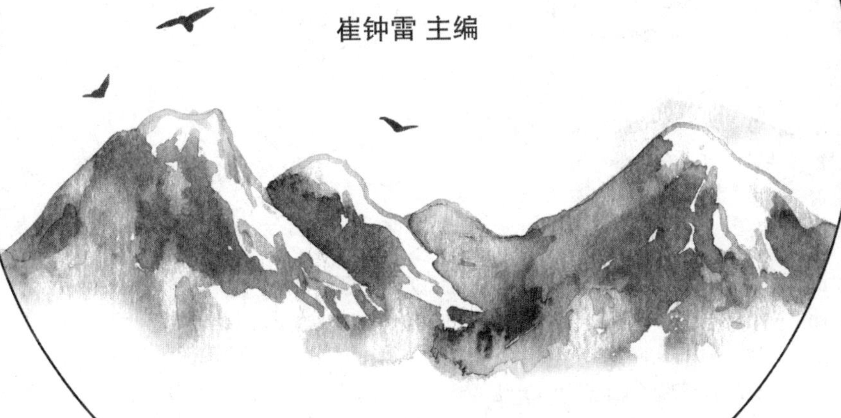

H.P.H 哈尔滨出版社
HARBIN PUBLISHING HOUSE

图书在版编目(CIP)数据

希腊神话故事/崔钟雷主编.—哈尔滨：哈尔滨出版社，2019.5
名师推荐新课标阅读书目
ISBN 978-7-5484-4550-0

Ⅰ.①希… Ⅱ.①崔… Ⅲ.①神话-作品集-古希腊 Ⅳ.①I545.73

中国版本图书馆 CIP 数据核字(2018)第 303282 号

书　　名：**希腊神话故事**
XILA SHENHUA GUSHI

主　　编：崔钟雷
副 主 编：王丽萍　苏　林　贾文婷
责任编辑：任　环　滕　达
责任审校：李　战
装帧设计：稻草人工作室

出版发行：哈尔滨出版社(Harbin Publishing House)
社　　址：哈尔滨市松北区世坤路 738 号 9 号楼　　邮编：150028
经　　销：全国新华书店
印　　刷：淄博志泽文化传媒有限公司
网　　址：www.hrbcbs.com　　www.mifengniao.com
E－mail：hrbcbs@yeah.net

编辑版权热线：(0451) 87900271　87900272
销售热线：(0451) 87900202　87900203
邮购热线：4006900345　(0451) 87900256

开　　本：787mm×1092mm　1/32　印张：5　字数：160 千字
版　　次：2019 年 5 月第 1 版
印　　次：2019 年 5 月第 1 次印刷
书　　号：ISBN 978-7-5484-4550-0
定　　价：19.80 元

凡购本社图书发现印装错误，请与本社印制部联系调换。　服务热线：(0451) 87900278

前言

一本好书可以展现不同的人生,它就像一位慈爱的老者,把自己的人生阅历慢慢摊开,积淀他人的未来。一本被奉为经典的好书,一定有高妙的艺术造诣,蕴含了透彻的人生哲理,经得起时代的荡涤。青少年正处在一个认识世界、探索人生的关键阶段,这些历经时间洗礼而沉淀下来的名著是一盏盏的明灯,指引青少年走向成功的道路。

这是一套汇聚古今中外文学名著的集锦。"名师推荐新课标阅读书目"丛书精选了古今中外适合青少年阅读的文学名著,这些名著不仅深入人心,脍炙人口,而且在文学史上也占有重要的地位。"人可以被毁灭,但是不能被打败",宣扬顽强不屈、勇敢与命运抗争精神的《老人与海》;表达真、善、美,传播友情、责任与爱的《绿山墙的安妮》;寓意深刻、发蒙启智的《伊索寓言》;既是科学著作又是人性诗篇的《昆虫记》;揭示动物情感,反映动物生命轨迹的《西顿动物故事》……从名著中汲取智慧,给成长以滋养,青少年必定受益终身。

阅读名著就像是在沙漠中行走,有时会觉得枯燥,但无论如何,如果你找到了沙漠中的那口水井,一定会收获一朵娇艳的生命之花。最后,谨以此套书献给在提高自身文学修养的道路上不断前行的朋友们。

1 阅读点睛

对疑难句子、词汇进行解析，深入浅出，点到为止，启发学生理解文意。

2 读书笔记

边看边想，边读边记，把感想和领悟写下来，可以加深记忆，积累知识。

3 情节档案

指导学生抽丝剥茧地找到文章的四大要素。既有助于阅读理解，又能提升写作能力。

名师推荐新课标阅读书目

阅读点睛

显赫：(权势、名声等)盛大；显著。

读书笔记

听到她们可怕的诅咒，阿波罗十分担忧。为了使她们平息怒气，他说："你们不应该愤怒，这样的结果不是你们的失败和耻辱。法官的决断是公正的，钵子里黑白石子的数量是相同的。同情在这里取得了胜利！我们神祇将承担判决的责任，你们不能埋怨雅典人，不能把愤怒向无辜的人民发泄。这个决断是宙斯的旨意！现在，我用雅典人民的名义向你们保证，这座城市里的人民将年年献祭你们。在这里，你们将获得显赫的地位，享有神的荣誉，将被当作最公正的复仇女神来敬奉。"

雅典娜也对此表示赞同，她说："请你们相信我，这座城市的人民心甘情愿地敬奉你们，为你们献祭，所有人都会歌颂你们。他们还将在国王厄瑞克透斯的神庙旁为你们建造神庙。凡是不虔诚敬奉你们的人，都将得不到福祉！"

复仇女神听到这番话，逐渐平息了怒火。她们想到可以像雅典娜和阿波罗一样在最有名望的城市里有一座神庙，这是多么至高无上的荣誉啊。因此，复仇女神的性格变得温和了，并在神祇面前庄严地发誓，要保佑雅典，使它免受干旱、洪水、瘟疫、恶劣天气的迫害，使牲畜繁衍、人民生活幸福。后来，她们还与异母姐妹——命运女神合作，用多种方式为当地人民造福。最后，复仇女神离开了雅典。雅典娜和阿波罗对她们表示感谢，并和所有的雅典人民一起唱着赞歌，欢送她们出城。

人物简介：

厄里倪斯：复仇女神，专司复仇的女神。一般认为复仇女神共有三位：阿勒……和墨该拉。

……：共是三位，执掌人类命运。克罗托，纺织生命之线；拉刻西斯，决……长短；阿特洛波斯，负责切断生命之线。

情节档案

起　因：代达罗斯是著名的雕刻家和建筑家，但是他自负又善妒，这样的性格断送他被他了很多亲人，其中之一就是杀害了他的儿子塔罗斯。原因竟是塔罗斯的心智比自己还优秀。

经　过：代达罗斯的恶行被发现了，阿瑞俄帕苟斯法庭宣判他有罪。为了逃脱法律的制裁，他同儿子伊卡洛斯一起流亡。过着居无定所的生活。后来，他来到了克里特，并为情各表词陶洛斯修建了一座迷宫。

高　潮：即便此克里特学堂学者美和阿卡特的待遇。代达罗斯的爱和儿子几乎流落在孤岛上。他父助羽翼带着儿子飞离克里特，不幸的是，几乎在空中铁落，摔入海中了。

结　果：代达罗斯难逃到西西里，科卡罗斯国王殷勤地接待了他。并保护他不受活捉他的追求。他在这里建造了人工湖、城堡、地窖，活到年方。直至在忧伤中，因为儿子的死始终让他无法释怀。

希腊神话故事

品读赏析

本文通过巧妙的构思，荒诞离奇的故事情节，讲述了俄瑞斯忒斯的悲剧人生。俄瑞斯忒斯因为父报仇而杀了自己的母亲，被复仇女神纠缠得不得安宁，最后通过法官的审判而获得了自由。整个故事的进展都是由神来推动的，表现出古希腊人对神的崇拜。

拓展延伸

《俄瑞斯忒亚》

戏剧《俄瑞斯忒亚》是古希腊作家埃斯库罗斯根据神话故事改编的，它讲述了一个血亲之间冤仇相报的悲剧。埃斯库罗斯是古希腊悲剧诗人，与索福克勒斯和欧里庇得斯一起被称为古希腊最伟大的悲剧作家，有"悲剧之父""有强烈倾向的诗人"的美誉，代表作有《被缚的普罗米修斯》《阿伽门农》《善好者》等。

4 品读赏析
提炼本章的中心思想，了解作者的写作意图，使学生对本章内容有更深层次的认识。

5 拓展延伸
选择恰当的知识点，对文章进行合理的延伸，为学生打造一个内容丰富、精彩纷呈的知识储备库。

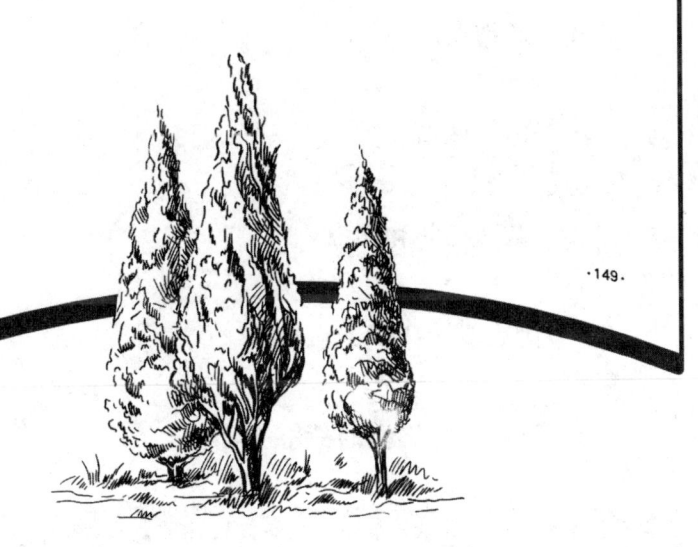

1/ 普罗米修斯

7/ 人类的世纪

11/ 匹娜和杜卡里翁

16/ 宙斯和伊娥

23/ 法厄同

28/ 欧罗巴

34/ 卡德摩斯

38/ 彭透斯

45/ 珀尔修斯

52/ 克瑞乌萨和伊翁

62/ 代达罗斯和伊卡洛斯

68/ 阿耳戈英雄们的故事

105/ 坦塔罗斯

107/ 尼俄柏

113/ 墨勒阿革洛斯和野猪

118/ 海伦被劫

127/ 希腊人

132/ 阿喀琉斯的愤怒

137/ 特洛伊人的胜利

142/ 俄瑞斯忒斯和复仇女神

151/ 读后感

　　阅读可以让你在别人思想的帮助下,建立自己的思想;阅读能够让你在刚好的年纪,遇见刚好的自己;阅读使你如风,吹过森林、溪流,掠过高山、旷野;阅读使你如雁,经过太阳、月亮,路过南方、北方……人生路长,书海浩瀚,愿你我永远有好书相伴。

普罗米修斯

天空和大地被创造出来,大海在两岸之间潮涨潮落。鱼在水中畅游,飞鸟在空中欢唱,大地上到处拥挤着各种生物,但还没有诞生一种有灵魂的、可以支配周围世界的生物。这时有一个叫普罗米修斯的先觉者,降落在这片没有灵魂的大地上。他是被宙斯放逐的神祇的后裔,是乌拉诺斯与地母盖娅所生的伊阿珀托斯的儿子。他是个机敏而睿智的神。他知道天神将灵魂的种子隐藏在泥土里,所以他将一些泥土撮起并用河水润湿,随即对其进行捏塑。最后它被做成神祇——世界支配者的形象。为了让泥土构成的人拥有生命,他从各种动物的心中摄取了善和恶,将这些封闭在人的胸膛之中。

在神祇中,普罗米修斯有一个朋友,即智慧女神雅典娜。她对这提坦之子的创造物十分惊奇,于是便把灵魂和神圣的呼吸吹送给这仅仅有着一半生命的生物。

最初的人类就这样被创造出来,不久后他们的身影就遍布了整个大地。但很长时期内他们不知如何使用被吹送在身体里面的圣灵和他们高贵的四肢。他们漫无目的地移动着,就像是梦中的人形,不知道该如何利用宇宙万物。他们不知如何凿石、烧砖、将树木削刻成椽子和梁,或利用这些材料建造房屋。他们无法确切地辨别出白雪皑皑的冬天、花朵灿烂的春天或是果实充裕的夏天中这些景象的具体区别。他们每天就像是忙碌的蚂蚁,聚居在黑暗的土洞里,所做的事情毫无计划。于是,普罗米修斯前来帮助他们。他教导他们如何观察星辰的升起和降落,又教导他们如何计算和利用写下的符号来交流思想;他训练他们如何驾驭牲畜,让它们来分担人类的劳动;他驯服马匹让其拉车;他发明帆和船在海上航行……当然他也关心人类生活中的其他活动。从前生病的人没有医药知识,不知道哪些应该吃,哪些不应该吃,也不知道通过服药来减轻自己的痛苦。正由于没有医药知识,人们相继悲惨地死去。现在普罗米修斯教导他们如何调制药剂来对各种疾病进行医治。他教导他们预言未来,给他们解释各种梦和异象,并教导他们辨识鸟雀飞过和牺牲的预兆。他引导他们进行地下勘探,好让他们发现银、金和铁等矿石。总之,他教给他们一切生活所需的技术和生活用品的制法。

现在,高高在上的神祇们(其中包括最近将自己的父亲克洛诺斯放逐从而建立了自己的权威的宙斯),他们开始关注这新的创造物——人类了。他们十分愿意保护人类,但要求人类绝对服从来作为报答。在指定的一天,人和神聚集在希腊的墨科涅来决定人类的权利和义务。在这次聚会上,人类的顾问普罗米修斯设法减少众神——在他们作为保护者的权利中——给人类增加过重的负担。

这时,普罗米修斯的机智驱使他对神祇们进行欺骗。他代表他的创造物对一头大公牛进行了宰杀,然后让神祇们随意取用他们所喜欢的部分。他杀完牛之后将其分为两堆。一堆他放上肉、脂肪和内脏,并用牛皮遮盖好后,在顶上放着牛肚子;而另一堆,他放上剔光肉的骨头,巧妙地用牛的板油覆盖着。而这一堆却比先前的那一堆看上去要大一些!全知全能的宙斯看穿了他的伎俩,说道:"伊阿珀托斯的儿子,显赫的王,我的好朋友,你的分配是如此不公平啊!"这时普罗米修斯相信自己已经骗过了宙斯,暗笑着回答:"显赫的宙斯,您,万神之王,请随心所欲地选取您喜欢的东西吧!"宙斯生气了,禁不住怒火中烧。但他却从容地用双手去取有雪白板油的那一堆。当他将其剥开,看见剔光的骨头时,他假装只是这时才发觉上当似的,严厉地说:"我深知,我的朋友,啊,伊阿珀托斯之子!你还没有忘掉你那欺骗的伎俩!"

  为了惩戒普罗米修斯的恶作剧,宙斯拒绝给人类完成他们文明所需的最后一样东西——火。但机敏的伊阿珀托斯的儿子,立刻想出办法来补救这个缺陷。他摘取了木本茴香的树枝,走到太阳车那里。当它从天上飞驰经过时,他将树枝伸到它的火焰里,直到树枝完全燃烧起来。他持着这火种降落到地上,第一处丛林的火柱立刻就升到了天上。宙斯——这雷电创始者,当他看见火焰从人类中间升起,且火光射得又广又远时,他的灵魂感到刺痛。

  现在,人类既然已经有了火,就不能将其从他们那里夺走。为了把火带给人类的益处抵消,宙斯立刻为人类制造出了一种新的灾害。他命令以巧妙著称的火神赫菲斯托斯创造出一个美丽的女人。此时雅典娜由于渐渐忌妒普罗米修斯,对他失去好感,便亲自为这个女人穿上雪白灿亮的长袍,让其戴着下垂的面纱(女人手持面纱,并将它分开),又在她的头上戴上用鲜花做成的花冠,同时束以金发带。这条发带同样是赫菲斯托斯的杰作,他为了取悦他的父亲,将其制造得十分精巧,用各种动物的形象细致地装饰它;神祇的使者赫耳墨斯将语言的技能馈赠给这迷人的祸水;爱神阿佛洛狄忒则将一切可能的媚态赋予她。于是,在这最使人迷恋的外表之下,宙斯布下了一种迷惑人的灾祸。他将这女人命名为潘多拉,意思是"有着一切天赋的女人",因为天上的每一个神祇都给了她一些对人类有害的赠礼。最后,他让这名女子降落在人和神都在寻欢作乐的地上。他们都惊奇于这无与伦比的创造物,因为人类还从来没有见过这样迷人的女人。此时,这个女人去找"后觉者"厄庇米修斯——他是普罗米修斯的兄弟，为人少有计谋。

普罗米修斯警告他的兄弟千万不要接受奥林匹斯圣山的统治者的赠礼，应该立刻把它退回去，因为他唯恐人类会从他那里得到灾祸。可是，厄庇米修斯忘记了这个警告，他十分欢喜地接受了这名美丽又年轻的女人，在吃到苦头之前，他看不出这美丽的女子有什么祸害。在此以前——感谢普罗米修斯的忠告——人类没有任何灾祸，也没有过分的辛劳，或者是长久疾病的苦痛，但这个女人双手同时捧着另外一种赠礼前来——一只密闭着的巨大匣子。她刚刚走到厄庇米修斯那里，就突然将盖子掀开，于是里面飞出一大群灾害，它们迅速地散布到大地各处。但匣子底部还深藏着唯一一样美好的东西——希望！由于万神之父的告诫，在希望还没有飞出匣子以前，潘多拉就放下匣子，让匣子永久地关闭了。现在不计其数的不同形色的灾害充满天空、大地和海洋。疾病日夜在人类中间悄悄而秘密地徘徊，因为宙斯并没有赐给它们声音。各种各样的热病侵袭着大地，而死神，以前是以那么迟缓的步履来到人间，现在却健步如飞地前进着。

这事情完成以后，宙斯又转而向普罗米修斯本人复仇。他把这个罪人交给赫菲斯托斯和他的两个外号叫作"暴力"和"强力"的仆人比亚和克拉托斯。赫菲斯托斯吩咐仆人将普罗米修斯拖到斯库提亚的荒原上。在那里，下临凶险的峡谷，赫菲斯托斯用结实的铁链将普罗米修斯锁在高加索山的悬崖绝壁之上。赫菲斯托斯其实是在很勉强地执行他父亲的命令，因为他喜爱这个提坦之子，他们是同类、同辈，同样是神祇的后裔，是他的曾祖父乌拉诺斯的子孙。他被迫执行这项残酷的命令，而口中却说着他的两个残暴仆人所不喜欢的同情的语言。所以，普罗米修斯被锁在悬崖绝壁上，永远那么笔直地吊着，而且无法入睡，甚至一点儿也不能弯曲他那疲惫的双膝。"无论你发出多少悲叹和控诉都是无用的，"赫菲斯托斯说，"因为宙斯的意志是不会动摇的。凡是刚从别人那里夺取权力并据为己有的人都是最狠心的！"

这个囚徒被判定的苦痛将是永久的，或者至少应该有三万年。他大声地悲吼，并呼叫着河川、风和无物可以隐藏的虚空以及万物之母的大地来作为他的苦痛证明，但他的意志并不消沉。"不管是谁，只要他学会承认注定无法抗拒的

威力，"他说，"便必须对命运女神所判给的痛苦进行忍受。"宙斯的威胁也无法劝诱他去对自己不吉的预言进行说明，即一种新的婚姻将使众神之王坠落和毁灭。宙斯是言出必行的。他每天派一只神鹰去啄食这个囚徒的肝脏，但无论肝脏被吃掉多少，都会立即完好如初。这种痛苦将一直延续到有人自愿出来为他受罪为止。

<u>就宙斯对自己所宣示的判决而言，有件事却在这提坦之子的意料之外提前地到来了。</u>在他被吊在悬崖绝壁上已不知多少悲苦的岁月以后，赫拉克勒斯为了寻找赫斯珀里得斯姐妹的金苹果来到了这个峡谷。他看见神祇的后裔被锁链束缚在高加索山上，正想上前去询问如何才能找到金苹果时，却禁不住对普罗米修斯的命运产生了同情，因为他看见神鹰此刻正栖在不幸的普罗米修斯的双膝上。赫拉克勒斯把他的狮皮和木棒放在身后的地上，然后弯弓搭箭，将凶猛的神鹰从苦难的普罗米修斯的肝脏旁射落。他将锁链松开，解下普罗米修斯，让他自由。但为了不破坏宙斯所规定的条件，他让马人喀戎当作普罗米修斯的替身。喀戎虽然也能够要求永生，但却愿意为这位提坦献出自己的生命。为了彻底执行宙斯的判决，被判在悬崖绝壁长期受苦的普罗米修斯永远戴着一只铁环，并镶嵌着一块高加索山的石片，为的是让宙斯可以夸耀他的仇人仍然被锁在山上。

◉ 阅读点睛

"就宙斯对自己所宣示的判决而言，有件事却在这提坦之子的意料之外提前地到来了"一句在文中起到引起下文、设置悬念的作用。

人物简介：

普罗米修斯：他是伊阿珀托斯的儿子，同时也是厄庇米修斯的兄弟，由于为人类盗取火种，被宙斯判为永远受刑的神。

雅典娜：她是智慧女神和女战神，是从宙斯的头颅中诞生的。

宙斯：他是希腊人崇奉的最高天神，众神和万民的君父。他被认为是莉娅与克洛诺斯的儿子。

赫菲斯托斯：他是火神和锻冶之神，为宙斯和赫拉所生。

赫耳墨斯：他是众神的使者，由宙斯和迈亚所生。他以神通广大和才艺众多而著称。

阿佛洛狄忒：她是肉欲、爱情、美和恋爱的女神，是宙斯和狄俄涅所生的女儿。

潘多拉：她是由赫菲斯托斯用泥土所造的女人，是众神惩罚人类的产物。

厄庇米修斯：他是伊阿珀托斯的儿子，同时也是普罗米修斯的兄弟，被潘多拉的美貌吸引，给人类带来了灾祸。

品读赏析

普罗米修斯被称为人类之父，他热爱并同情人类，不愿人类在愚昧无知中生活。于是，他给人类带去了知识与火种，开启了人类的智慧之门。他也因此惹怒了最高天神宙斯，但他却从未屈服过，这种不屈不挠的斗争精神更加凸显了他的英雄形象。在压迫与反抗的对垒中，普罗米修斯的形象得到了升华。

拓展延伸

《被缚的普罗米修斯》

悲剧大师埃斯库罗斯在戏剧《被缚的普罗米修斯》中成功塑造了一个品格高尚、敢于为人类幸福而反抗众神之主宙斯的普罗米修斯的形象。剧情虽简单，却有尖锐的戏剧冲突。戏剧场面宏大，具有早期希腊悲剧恢宏庄严的特征。埃斯库罗斯借《被缚的普罗米修斯》一剧痛斥了像宙斯一样专横残暴的古希腊城邦主，讽刺了像河神和赫耳墨斯一样怯懦的奴才。

人类的世纪

神祇创造出的第一代的人类是黄金的人类。此时克洛诺斯对天国进行着统治,他们无忧无虑地生活着,没有忧愁和劳苦的困扰,同神祇的生活差不多。他们同样也不会衰老,他们仍然具有青年的力量。这些人类四肢柔软,不生疾病,一生享受快乐和盛宴。神祇们也同样爱护他们,给他们成群的牲畜和丰盛的收获。当他们的死期来临时,他们就会进入毫无干扰的长眠。但是在有生之年,他们拥有许多如意的事物,大地自动为他们生长出丰富多样的果实,而且他们的需要都会得到满足,大家在和平康乐中幸福地生活着。当命运女神判定他们离开大地后,他们便化身为仁慈的保护神祇——在云雾中任意行走、赠予礼物、主持正义、惩罚罪恶。

其后,神祇又创造了第二代的人类——白银的人类。他们在外貌和精神上都和第一代人类有所区别。他们的子孙,在一百年的时间里保持着童年状态,不会长大,接受着母亲们的溺爱和照料。最后,当这样的一个孩子长到壮年时,留给他的只剩下短暂的一段生命。因为他们无法节制自己的感情,他们放肆的行动让这些新的人类陷于灾

◎ 阅读点睛

困扰:围困并搅扰;使处于困境而难以摆脱。

◎ 阅读点睛

"他们在外貌和精神上都和第一代人类有所区别"一句在文中起到引领下文的作用。

祸。他们傲慢而粗野,互相违忤,不再通过向神祇的圣坛献出适当的祭品来表示自己的敬意。宙斯对他们这种对神祇缺乏崇敬的行为感到很恼火,所以他让这个种族在大地上消失了。但白银这个种族并非全然没有道德,他们也具有某种光荣。在他们终止人类生活的时候,他们仍然可以以魔鬼的身份在地上漫游。

现在,天父宙斯又创造了第三代的种族——青铜的人类。这群完全不同于白银时代的人类,残忍而粗暴,习惯于战争,又总是互相杀害;他们损害田里的果实并饮食动物的血肉;他们具有如同金刚石一样坚硬的顽强的意志;在他们宽厚的肩膀上生长出两只无可抵挡的巨臂;他们身穿青铜铠甲,居住在青铜的房子里,使用青铜的工具(因为在那时还没出现铁)。他们虽然高大可怕,且不断互相进行攻击,却不能阻挡死亡的到来。当他们离开光明而晴朗的大地以后,他们就会沉入地府的黑夜里去。

可是,这个种族也完全灭亡了。于是,宙斯又创造了第四代的种族,他们依靠大地产出的物品进行生活。这些新的人类和以前的人类相比更加公正和高贵,他们就是古代被称为半神的英雄们。但是最后他们也陷入了战争和仇杀,有些人在底比斯的城外为俄狄浦斯国王的国土进行战争,有些人为了美丽的海伦乘船到特洛伊原野进行战斗。当他们在战斗和灾祸中结束了自己在大地上的生命,宙斯把天边黑暗的海洋里向着光明的极乐岛分派给他们。在这里,他们过着宁静而幸福的生活。

如果古代诗人赫西奥德说起这些人类世纪的传说时,他会把这样的慨叹作为结尾:"啊,假若我不出生在人类的第五代,那就让我死得更早,或者出生得更晚吧!因为此刻正是黑铁的世纪。这个时代的人类全是罪恶的。他

● 阅读点睛

铠甲:古代将士穿在身上的防护装具。

● 阅读点睛

"可是,这个种族也完全灭亡了。"一句在文中有着承上启下的作用。

们夜以继日地忧虑和工作，神祇让他们的烦恼越来越深，但是最大的烦恼却是他们自身制造的。儿子不爱父亲，父亲不爱儿子。宾客憎恨主人，朋友憎恨朋友。甚至于兄弟们也不如古代一样，赤诚相待，白发的父母也无法得到尊敬。年老的人被迫听着可耻的言语并忍受打击。啊，无情的人类啊！难道你们忘记了神祇将要对你们进行裁判，正是由于你们辜负了年迈父母的养育之恩吗？到处都是得势的强权者，人们将被他们邻近城市的人类毁灭。善良、守约、公正的人得不到应有的回报，而硬心肠和作恶的渎神者则备受荣光。善和文雅不再是人们尊敬的品行。恶人被允许赌假咒、伤害善良的人、说谎话。这就是这些人如此不幸的原因。恶意和忌妒追随着他们，并使他们紧锁双眉。直到此时还经常降临大地的尊严和至善的女神们，如今也悲哀地用白袍来遮蒙她们的美丽的肢体，回到永恒的神祇中去了。留给人类的除了悲惨外别无其他，而这种悲惨将是无边无际的！"

人物简介：

克洛诺斯：宙斯的父亲，莉娅的丈夫，曾是众神之神，后被宙斯打败和取代。

黄金的人类：由神祇创造的第一代人类。和神祇一样过着无忧无虑的生活，死后化身为仁慈的保护神祇。

白银的人类：由神祇创造的第二代人类。他们可以一百年保持着童年状态，但性格傲慢而粗野，死后化身为魔鬼在地上漫游。

青铜的人类：由宙斯创造的第三代人类。这些人残忍而粗暴，习惯战争和互相伤害。他们死后沉入地府。

半神的英雄：他们和以前的人类相比，更加公正和高贵，但是也不可避免地陷入战争和仇杀。他们死后，在极乐岛上过着宁静而幸福的生活。

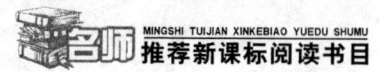

品读赏析

人类经历了五个时期的演变,分别以黄金人类、白银人类、青铜人类、半神英雄人类、黑铁人类的身份生活着,并完全被神祇支配。通过阅读会发现,文中描绘了一个个光怪陆离的世界和具有鲜明个性的人类,而且不同时期的人类有不同的性格特征、生活方式。

拓展延伸

女娲造人

在中国神话中,有一位女神叫女娲。她按照自己的模样,用泥土捏了很多小东西,她把这些小东西叫作"人"。这些"人"的举动与别的生物不同,还会讲和女娲一样的话。女娲觉得小"人"分布在广袤的大地上显得太稀少了。她就顺手折下一根藤蔓,蘸上泥浆向大地挥洒,点点泥浆变成一个个小"人",与用手捏成的那些"人"模样相似。这样一来,大地上就有了人。

匹娜和杜卡里翁

人类处于青铜世纪时，世界的统治者宙斯听到了一些世界上的人类所做的坏事，他决定幻化成人形降临到人间进行察看。但无论到什么地方,他发现事实都要比传闻中严重得多。

一晚，快到深夜时，他来到那个并不喜欢客人的阿卡狄亚国王吕卡翁的大客厅里。他是以粗野著称的人。宙斯用神奇的特征和先兆来证明自己的神圣的来历，人们都跪下向他进行膜拜。但吕卡翁却嘲笑他们这样虔诚的祈祷。"让我们看看吧，"他说，"到底我们的这个客人是一个凡人还是一位神祇！"于是他暗自决定在宙斯半夜熟睡的时候将其杀害。

最初他将摩罗西亚人送给他的一个可怜的人质杀死，将其中一部分还温热的肉体扔到滚水里，一部分放在火上烧烤，并以此作为献给客人的晚餐。宙斯识穿了他所做的和想要做的事情，从餐桌上跳起来，投掷复仇的火焰点燃了这不义的国王的宫殿。吕卡翁战栗着向宫外逃去。他发出的第一声绝望的呼喊变成了嗥叫。他的皮肤变得粗糙多毛，他的手臂变成前腿——宙斯将他变成了一只

● 阅读点睛

"他是以粗野著称的人。"此句与前一句中"阿卡狄亚国王吕卡翁"是同指，是对国王吕卡翁的介绍。

● 读书笔记

_____
_____
_____
_____
_____
_____

喝血的狼。

宙斯回到奥林匹斯圣山和众神商议后,决定将可耻的人类种族全部消灭。他想用雷电对整个大地进行鞭挞,却又即时住手,因为他怕天国会被殃及,更怕宇宙的枢轴被烧毁。所以他放下了库克罗普斯为他所炼铸的雷电,决定用洪水将人类淹没。即刻,北风及其他的一切能够使天空明净的风都被锁闭在埃俄罗斯的岩洞里,只有南风到处肆虐。于是,南风隐藏在漆黑的黑夜里,扇动湿淋淋的翅膀降临大地。浪涛从他的白发流出,雾霭使他的前额被遮盖,大水便从他的胸膛里汹涌而出。他升到天上,用他的大手将浓云捞到手里,然后把它们中的水分挤了出来。雷电轰鸣,大雨倾盆而降。急风骤雨狂暴地蹂躏了庄稼,将农民的希望撕得粉碎,一年的辛苦都付诸东流。

宙斯的兄弟海神波塞冬也参与了这破坏性的盛举。他把河川召集起来说道:"让你们的洪流泛滥,冲破堤坝和吞没房舍吧!"它们全都服从他的命令。同时,波塞冬又用他的三尖神叉对大地进行撞击,摇动地层,给洪流开路。河川汹涌奔流在空旷的草原上,泛滥在田地间,冲毁庙堂和家宅。有几处仍然隐隐显

现着少数宫殿,但巨浪随时会将其淹没,并把最高的楼塔卷入旋涡。一时间,水陆难辨,到处都是无边无际的洪水。

人类拼尽全力来自救:有些人向高山爬去,有些人划着船在淹没的屋顶上航行,有些人越过自己的葡萄园时让葡萄藤刮擦着船底。鱼在树枝间进行挣扎,逃遁的野猪和牡鹿则被浪涛吞没。但所有的人都被洪水冲走,那些幸免于难的人也被饿死在只生长着苔藓和杂草的荒芜的山上。

在福喀斯的陆地上依然耸

立着一座山，它的山峰在洪水之上，那就是帕尔纳索斯山。杜卡里翁收到了他的父亲普罗米修斯关于大洪水的警告，而且他的父亲为他建造了一只小船，使他能够和他的妻子匹娜乘船漂流到这座高山之上。因为被创造出来的男人和女人再没有比他们还善良和信奉神祇的。当宙斯俯视大地，看见大地变成无边的汪洋，千千万万的人现在只剩下两个善良且对神祇敬畏的人时，他让北风将黑云驱逐并使雾霭分散，再一次重现苍天大地。同时，掌管海洋的波塞冬也放下三尖神叉让浪涛退去。大海又展现出海岸，河川又流回到河床。满是泥污的树梢开始从深水中露出。其次出现的便是群山，最后干燥而开阔的平原扩展开来，大地复原到本来的面目。

　　杜卡里翁向四周张望，陆地死寂而荒凉，就像坟墓一样。看到这些他不禁落下泪来，他对匹娜说："我唯一挚爱的伴侣啊，放眼望去，我看不见一个活物。我们两个人是这大地上唯一生存下来的人类，其余的都被淹没在洪水中了。而我们也还不能确保生命无忧。每一片云影都让我发抖。就算一切危险都已经过去，仅仅两个孤独的人能在荒凉的世界上做些什么呢？啊，我多希望我的父亲普罗米修斯把创造人类和将圣灵赋予泥人的技术传授给我呀！"

　　说着说着，寂寞的心情使夫妻二人不觉哭泣起来。于是，他们跪在正义女神忒弥斯那半荒废的圣坛前，对永生的女神进行祈祷："女神呀，告诉我们，如何能再创造被消灭了的人类种族。啊，帮助我们的世界重生吧！"

　　"从我的圣坛离开，"一个声音说道，"蒙起你们的头，解开身上的衣服，将你们母亲的骨骸掷到你们的后面。"

　　他们对这神秘的言语进行了很久的沉思。匹娜最先打破沉默。"饶恕我，伟大的女神，"她说，"如果我战栗着违抗您，是因为我在踌躇，我不想以投掷母亲的骨骸来使她的阴魂受到冒犯！"

　　但杜卡里翁的心却忽然明亮起来，脑海闪过一线光明。他用温柔的语调对妻子进行安慰。"除非我理解错误，否则神祇的命令是永不会让我们做错事的，"他说，"大地便是我们的母亲，石头便是她的骨骸。匹娜啊，要投掷到我们身后去的正是石头呀！"

　　对忒弥斯的神谕进行这样的解释让他们十分怀疑，但他们想了又想，试试也无妨。于是,他们走到一旁,就像神谕启示的那样将自己的头蒙住,解开自己的衣服,并把石头从肩头上向身后进行投掷。这时突然出现一种奇迹:石头不再坚硬易碎,它们变得巨大,成形且柔软,人类的形体便显现出来了。最初还不十分明显,只是很像艺术家将大理石雕刻成的粗略轮廓。石头上被泥润湿的部分变成了肌肉,而坚硬结实的部分就变成了骨骼,石头的纹理则变成了人类的筋脉。就这样,在很短的时间内,在神祇的帮助下,杜卡里翁投掷的石头变成了男人,匹娜投掷的石头变成了女人。

人类对他们的起源并不否认。这是一群勤劳勇敢的人,他们永远不会忘记他们是由何种物质制成的。

人物简介:

吕卡翁:他是珀拉斯戈斯的儿子,同时也是阿卡狄亚的国王。

库克罗普斯:是阿耳戈英雄之一,是厄拉托斯和希珀的儿子。

波塞冬:他是宙斯的兄弟,为莉娅和克洛诺斯所生。同时,他也是海神。

杜卡里翁:他是匹娜的丈夫,为普罗米修斯与克吕墨涅所生。在大洪水时代,只有他和他的妻子存活下来。

匹娜:她是杜卡里翁的妻子,为厄庇米修斯与潘多拉所生。

忒弥斯:她是正义女神,为盖娅和乌拉诺斯所生。

品读赏析

宙斯为了惩罚作恶多端的人类,决定用洪水将人类毁灭。聪明的杜卡里翁听了父亲普罗米修斯的警告,和妻子匹娜幸免于难。最后,匹娜和杜卡里翁用聪明才智破解了神祇的启示,重新创造了人类。这个神话告诉我们:无论处在怎样的困境,都不能放弃,只有冷静思考,才能想出解决问题的办法。

拓展延伸

大禹治水

4000多年以前,中国黄河流域洪水为患。禹采用了"治水须顺水性,水性就下,导之入海。高处就凿通,低处就疏导"的治水思想。禹根据灾情的严重程度,先从都城附近地区开始,再扩展到其他各地。据说禹治水时曾三过家门,却都因治水忙碌无法进家门看看。禹治水13年,耗尽心血与体力,终于成功治理了黄河水患。

宙斯和伊娥

阅读点睛

嗣君：1.继位的国君；2.称皇太子为嗣君；3.称别人的儿子。

珀拉斯戈斯王伊那科斯是一个古老王朝的嗣君，他有一个叫作伊娥的美丽女儿。一天，当她在勒那草地上为她的父亲牧羊时，在奥林匹斯圣山的宙斯偶然发现了她，他的心中立刻燃起了爱情的火焰。他化身为一个男人，用甜蜜挑逗的语言对她进行引诱。

"那是何等的幸福呀，如果有一天一个人可以将你称为他自己的！但没有人类配拥有你的爱，你只适合做万神之王的新妇，那便是我宙斯。不，你不要离我远去！看看，此刻正是灼热的中午。和我一起到左边的树荫下，它会用它的清凉迎接我们。为什么你要在中午的炎热中如此辛苦呢？你进入阴暗的树林不必害怕，在那里的野兽们都服帖地蹲伏在幽暗的溪谷中，因为我手中拿着天国的神杖，挥着犀利的闪电，我不是在你身边保护你吗？"

阅读点睛

"这女郎迅速逃避了他的诱惑，恐惧让她健步如飞。"此句是对上段对话的回答，并起到引起下文的作用。

这女郎迅速逃避了他的诱惑，恐惧让她健步如飞。真的，如果不是他利用他的权力使整个地区变得黑暗，她一定可以逃脱的。她被云雾包裹着，由于担心而使脚步放慢，唯恐让石头绊倒或者失足落入水中。因此，不幸的伊娥陷入了宙斯编织的罗网。

众神之母的赫拉,很久以前便已知晓她的丈夫的出轨。因为他经常背着她,对凡人或半神的女儿滥施爱情。她肆意放纵她的忌妒和愤怒,始终对宙斯在地上的每一个行动进行监视。现在,她又在关注着宙斯瞒着她寻欢作乐的地方。她吃惊地发现那个地方即使在晴天也被云雾笼罩着。那云雾不是从河川升起,也不是从地上生成,也不是由于别的自然的原因形成的。她即刻起了疑心。她寻遍了奥林匹斯圣山,却不见宙斯的踪影。"如果我没有弄错,"她恼恨地说,"我的丈夫现在一定又在做着冒犯我的有重大罪过的事。"

因此,她从高空乘云降落到人间,并让遮蔽着眼前一切的云雾散开。宙斯早就知道她的到来,为了要从她的嫉恨中解救他的情人,他将伊那科斯的可爱的女儿变成一头雪白的小母牛。即便如此,这头小母牛看起来仍是很美丽的。赫拉立刻识破了宙斯的诡计,假意对如此美丽的动物进行夸赞,并询问这头牛是谁的,从何处来,它吃什么。由于窘困和想结束赫拉的问话,宙斯谎称这头小母牛只不过是地上的生物,别无其他。赫拉对于他的答复假装很满意,但要求他将这美丽的动物作为赠礼送给她。现在欺骗遭遇了欺骗,应该怎么办呢?假如他答应她的请求,他将失去他的情人;假如他拒绝她的要求,她酝酿着的疑心和忌妒将像火山一样爆发,而她真的会毁灭这个不幸的女郎。他决定暂时放手,将这光艳照人的生物赠给他的妻子,他认为伊娥的秘密被隐藏得很好。

赫拉假意很喜欢这份赠礼,她将一根带子系在小母牛的脖颈上,并得意扬扬地将她牵走。小母牛那满怀人类悲哀的心在这兽皮下面剧烈地跳动着。但赫拉并不放心自己的行动,她知道除非将她的情敌严密看守,否则她不会安心。她找到了阿瑞斯托耳之子阿勾斯,他是最适合做这件事的。因为阿勾斯是一个百眼怪物,当他在睡觉的时候,每次只会闭合两只眼睛,其余的眼睛都睁着,在他的额前脑后像星星一样闪着光,仍然忠于职守。赫拉将伊娥交给阿勾斯,让宙斯无法再得到这个女郎。被百只眼睛监视着,在漫长的白昼中,这头小母牛在长满青草的山坡上啃草。无论她走到何处总无法躲开阿勾斯的视线,即使她走到阿勾斯的身后,也会被他发现。夜间他用极其沉重的锁链将她的脖颈锁住。她吃着坚韧的树叶和枯草,躺在坚硬光秃的地上,喝着混浊的池水。伊娥时常忘记自己已经不再是人类,当她要举手进行祈祷时,才想起她已经没有手了。

她希望用甜美感人的语言向阿勾斯进行祈求,但只要她一张口,她便变得畏缩起来,因为她只能发出像牛犊一般的鸣叫。阿勾斯不仅仅在一个地方对她进行看守,因为赫拉吩咐他要将伊娥放牧到很远很广的地方,让宙斯难以找到她。这样,她和她的看护人在各地四处游牧着,直到一天她发觉来到了自己的故乡,来到她小时候经常嬉戏的河岸上。此刻是她第一次看见自己变化后的形象。当那有角的兽头在明净的河水中注视着她,她在战栗和恐惧中避开了眼前的形象。由于内心的渴望,她向她的姊妹和她的父亲走去,但他们都无法将她认出。真的,伊那科斯拍抚她那光艳照人的身体,并喂她从附近小树上摘下来的叶子。可是当这头小母牛感恩地舔着他的手,用人类的眼泪和亲吻爱抚着他的手时,这老人仍无法猜出他所拍抚的是自己的女儿,也不知道她在向他感恩。最后,这可怜的女郎想出一个绝佳的主意,因为她的思想并没有因为形体的变化而发生改变。她开始用她的蹄子在沙上弯弯曲曲地写字。她的父亲原本就被这种奇异的动作所吸引,现在立刻明白他自己的孩子此刻就站在他的面前。

"多悲惨呀!"这老人惊呼起来,抱住他女儿的两角和脖颈呜咽着,"为了找你,我寻遍全世界,却发现你变成这个样子!唉,看见现在的你比看不见你更令人悲哀!你无法说话吗?你不能对我说句安慰的话,只能像牛一样吼叫吗?我以前太傻呀!我把全部心思用在挑选一个能够和你匹配的女婿上,而你现在却变成一头牛……"伊那科斯的话还没说完,阿勾斯,这个冷酷的看护人,就把伊娥从她的父亲那里抢走,并牵着她远远地走开,来到另一块荒凉的牧场。于是,他自己爬到了山顶上,用他那一百只谨慎的眼睛向四周张望,履行着他的职责。

现在,宙斯无法再忍受伊娥的悲恸。他将他的爱子赫耳墨斯召唤到身边,命令他诱骗这个令人憎恨的阿勾斯闭上他所有的眼睛。赫耳墨斯将飞鞋穿在脚上,又戴上旅行帽,用有力的手紧握着可以散布睡眠的神杖。他穿着这样的装束,离开父亲的居所飞降到地上。他将他的帽子和飞鞋放下,只是手持神杖,所以他看起来就像一个执鞭的牧童。他诱使一群野羊紧紧跟随着他,来到伊娥在阿勾斯永久监视下啃嫩草的寂寞草原。赫耳墨斯将一种叫作绪任克斯的芦笛抽出后,开始吹奏乐曲,这比人间的牧人所吹奏的乐曲更加美妙。

赫拉的仆人，对于这意外的音乐十分喜欢。他从高处的座位上站起，向下大声呼叫："你是谁呀，最受欢迎的吹笛者，请到我这里的岩石上好好休息一下。因为你的羊群再也找不到比这里更加茂盛更加嫩绿的青草。而那一排茂密的树林可以让牧群获得舒适的阴凉。"

赫耳墨斯对阿勾斯表示了感谢，爬上去后坐在他的身边。他们开始了交谈。赫耳墨斯的话是如此生动迷人，所以时光不知不觉地流逝而去，阿勾斯的百只眼皮渐渐感到沉重。赫耳墨斯继续吹奏着芦笛，希望阿勾斯能够在他的演奏中熟睡过去。但伊娥的看护人对他的女主人的愤怒十分恐惧，对他的职守丝毫不敢松懈。所以他和他的瞌睡进行斗争，至少要保证他的一部分眼睛还在睁着。他用最大的努力来克制他瞌睡的欲望，又因为这芦笛是如此的新奇，所以他急忙询问赫耳墨斯这芦笛的来源。

"我很愿意告诉你，假使你能够耐心地听我诉说，"赫耳墨斯说，"在阿卡狄亚冰雪覆盖的山上住着一位山林女神叫作绪任克斯。牧神和树神都因迷恋她的美丽而热烈地向她求爱，但她始终在逃避他们的追逐，因为她恐惧被婚姻所束缚（就好像束着腰带的狩猎女神阿耳忒弥斯一样），她不愿意将她的单身生活放弃。但最后当山林之神潘在树林中游行时，他发现了这个女神。即使他怀着自己的骄傲和尊严，他仍忍不住向她求爱。但她同样拒绝了他，并向没有路径的荒野逃去，一直逃到一条名叫拉冬的沙河那里，那河水的深度恰恰可以阻止她的通行。她在河岸上焦急地等待，哀求她的山林女神姊妹们同情她，在山林之神还没有追到她之前，使她的形体发生改变。这时山林之神正好向她跑来，双手紧紧拥抱住了她。但他大吃一惊，因为他发现自己所拥抱的竟是一株芦苇，而并非一个少女。他将自己的深沉的悲叹融入芦苇，声音开始逐渐变大，引起了如泣如诉的回声。这神奇的曲调总算让失恋的神祇的悲痛得到了抚慰。'就这样吧，变形的情人啊，'他在痛苦和快乐中呻吟道，'即使如此，我们也要合为一体，永不分离！'于是他砍下各式长度不同的芦苇，用蜡将其拼接起来，并用这美丽女神的名字来命名他的笛子。从此以后，我们便把牧人的芦笛称为绪任克斯……"

这便是神祇的使者所讲的故事。当赫耳墨斯讲故事的时候，他目不转睛地看着阿勾斯。故事还没讲完,阿勾斯的眼睛一只只相继闭上,直到他陷入熟睡之中,一百只眼睛的光芒消失了,赫耳墨斯才停止吹奏他的芦笛。他用自己的神杖轻触着已经闭合的一百只眼睛,使它们的睡眠更深沉。最后,赫耳墨斯迅速地抽出早就藏在牧人背囊中的镰刀,在离头最近的地方砍断了阿勾斯下垂的脖颈,他的头和身体便滚下山去,喷溅的鲜血把山上的岩石都染红了。

现在,伊娥获得了自由。虽然她仍然保持母牛的形体,但她可以无拘无束地到处奔跑了。但赫拉的慧眼已经发现下界所发生的一切。她要寻找一样东西来折磨她的情敌,碰巧抓到牛虻。这昆虫将伊娥叮咬得几乎要发狂,而且还从她的故乡一直追逐她到世界各地:到斯库提亚,到高加索,到亚马孙部落,到博斯普鲁斯海峡,到迈俄提斯海,并由此逃到亚细亚。经过长时间的艰难行程,她来到了埃及。在尼罗河岸上,她将前腿跪下,昂起头,在默默的怨诉中对着天上的宙斯进行仰望。宙斯看到她,顿时激起怜悯,并立即赶到赫拉那里,请求她怜悯这位可怜的女郎。他向赫拉说明伊娥没有对他进行诱惑,并指着下界的河川进行发誓(因为神祇总是这样发誓的),以后他将永远放弃对她的爱情。当宙斯正在对赫拉进行恳求时,赫拉通过澄明的天空也听到小母牛的悲鸣,她开始心软了,并允许宙斯将伊娥恢复原形。

宙斯急忙来到尼罗河边,用手抚摩着小母牛光滑的脊背,它立刻便出现了一种神奇的变化:牛毛从她的身上消退,牛角也渐渐隐去,她的眼睛开始缩小,牛嘴变成了人唇,两肩和两手相继出现,四蹄也突然消失不见,小母牛身上的一切都没有留在伊娥身上,除了那美丽的白色。当伊娥从地上站起来时,她焕发出美丽的容光。而且就在尼罗河的河岸上,她替宙斯生了一个儿子,取名为厄帕福斯。这里的人民都很尊敬她,他们对待这个神奇地得到解救的人,就如同对待女神一样。她统治尼罗河许多年。但即使是这样,赫拉的愤怒仍然让她心存恐惧,无法获得安宁。赫拉唆使野蛮的枯瑞忒斯将她幼小的儿子厄帕福斯偷走。所以伊娥不得不在大地上到处漂泊,徒然地四处寻找着她的儿子。最后,宙斯用雷电将枯瑞忒斯击死,伊娥才发现厄帕福斯在埃塞俄比亚的边界,并将他带回埃及,让厄帕福斯分享她的王权。后来他娶门菲斯为妻,并有了一个女儿叫利比亚(利比亚这个地方,就因她而得名)。当

伊娥和厄帕福斯相继死去后,埃及人民为他们建造了神庙,将他们当作神来崇拜——伊娥是伊西丝神,厄帕福斯是荷鲁斯神。

人物简介:

伊娥:她是伊那科斯国王的女儿,宙斯的情人。为避免赫拉的报复,宙斯将其变成一头白母牛。

赫拉:她是神界的天后,同时也是宙斯的妻子和姐姐,为莉娅和克洛诺斯所生的长女。

阿勾斯:受天后赫拉指派对伊娥化身的白母牛进行看守的百眼怪物。

阿耳忒弥斯:她既是月神也是狩猎女神,为宙斯和勒托所生。

厄帕福斯:他是宙斯和伊娥的儿子。

枯瑞忒斯:受赫拉的指使,偷走宙斯和伊娥的儿子,后被宙斯用雷电击杀。

品读赏析

在古希腊神话中,宙斯四处留情,而伊娥便是受害者之一。伊娥本来是一个善良美丽的女子,却因为滥情的宙斯,受尽了赫拉的折磨,以小母牛的样子生活了很多年。故事情节也因此一波三折、动人心魄,几位主人公的性格特征也凸显出来,给读者留下了深刻的印象。

拓展延伸

尼罗河

尼罗河是世界上最长的河。它流经非洲东部和北部,自南向北注入地中海。它的两条支流分别是白尼罗河和青尼罗河,青尼罗河是尼罗河下游居民的主要水源,而白尼罗河是两条支流中较长的。尼罗河这个词源于阿拉伯语,意思是河谷。在古埃及语中,尼罗河的意思是大河。在印第安语中,尼罗河的意思是月亮的眼泪。

情节档案

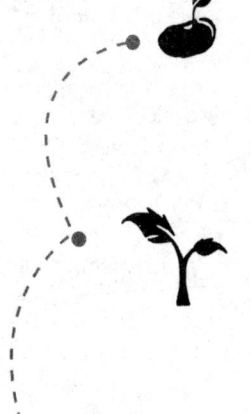

起　因：在奥林匹斯圣山，宙斯对美丽的伊娥一见钟情，并用言语引诱她。伊娥本想逃跑，却无计可施，最终陷入了宙斯编织的罗网。

经　过：赫拉发现丈夫宙斯再次出轨，便亲自来到人间寻他。宙斯为了保护伊娥，把她变成了一头小母牛。赫拉施计得到了这头小母牛，不但把她放逐到了远方，还派百眼怪物阿勾斯对她严加看守。

高　潮：小母牛无意间回到了故乡，并想办法和自己的父亲相认了。阿勾斯知道这件事后，把她带到了另一个荒凉的牧场。宙斯无法眼睁睁看着伊娥受苦，便派儿子赫耳墨斯想办法让阿勾斯闭上他所有的眼睛。

结　局：赫耳墨斯杀死了阿勾斯，伊娥获得了自由，并在宙斯的帮助下变回了人。她为宙斯生了一个儿子，名叫厄帕福斯。他们母子被埃及人民当作神来崇拜。

法厄同

太阳神的宫殿高高耸立在天空之上，它用巨大的发光的圆柱作为支撑，并且在柱身上镶着灿烂耀眼的黄金和宝石，飞檐是用炫目的象牙制成的，在宽阔的银质门扇上雕刻着神奇的故事和传说。此时，太阳神赫里阿斯的儿子法厄同到这个富丽堂皇的地方来寻找他的父亲。他不敢靠得太近，便在距离稍远的地方站着，因为他无法忍受那耀眼的光芒。

赫里阿斯身穿紫袍，坐在用无比美丽的翡翠装饰的宝座上。在他的左右，依次分排站着他的侍从：日神、月神、年神、世纪神和四季神——年轻的春神戴着用鲜花制成的发带，夏神则戴着用黄金谷穗制成的花冠，而秋神面容如醉，冬神则发白如雪。赫里阿斯立刻在他们当中发现正在默默对他周围的荣耀产生惊奇的青年。"你为何要到这里来？"太阳神向他询问道，"是什么让你到你父亲的宫殿里来的，我的爱儿？"

"啊，父亲。"法厄同回答道，"因为大地上的人们都在嘲弄我，对我的母亲克吕墨涅进行诽谤。他们说我虽然自称是天国的子孙，但事实上不过是一个十分普通的人类的儿子而已。所以我来请求您赐给我一些可以向人们证明我的确是您儿子的象征。"

赫里阿斯将头部围绕的神光隐去，吩咐法厄同向前走近。于是赫里阿斯亲密地拥抱着法厄同并和他说："我的儿子，既然你的母亲克吕墨涅已把真相告诉给你，那么我永远不会在世人面前否认你是我的儿子。为了永远消除你的怀疑，你

● 阅读点睛

此句在文中起到了铺垫的作用，为下文设置了悬念。

还是向我要求一件礼物吧。<u>我将对着斯提克斯河发下誓(因为众神都指着这条下界的河发誓)，你的愿望将会得到满足，无论那是什么样的愿望。</u>"

法厄同不等他的父亲说完，便立刻喊道："那么让我的最狂妄的梦想得以实现吧，让我一整天都驾驶着太阳车吧！"

太阳神那发光的脸立刻因为忧惧而变得阴暗，三番四次地摇着他那闪着金光的头。"啊，我的儿子，你诱使我说出轻率的话。但愿我能将我的诺言收回！因为你所要求的东西是你无法控制的。你是人类，但你所要求的事却是神祇应该做的，而且不是所有神祇都能做到的事。因为只有我才能做那件你疯狂想尝试的事。只有我才能站在从空中疾驶而过且喷射着火花的灼热车轴上，因为我的车必须经过陡峻的路。即使是在清晨，精力旺盛的马匹都很难攀登，路程的中间段便是在天之绝顶。我告诉你，在如此高的地方，即使是我站立在车子上，也常常会因恐惧而颤抖。当我俯视下面那遥远的海洋和陆地时，我的头便开始发晕。最后一段路程又会变得陡转而下，需要准确地紧握着缰绳。甚至于在平静的海面上等待着我的海中女神忒提斯也十分恐惧，总怕我会从天上摔下来。其他的危险也不容忽视，你必须记住，驾驶太阳车在天空中不停地转动时，必须得扛得住它大回转的速度。即使我给你车，你如何能克服我说的这些困难呢？不，我的亲爱的儿子啊，不要执着于我对你许下的诺言。趁现在还来得及，你可以改变你的愿望。你可以从我的脸上看出我的焦虑。你只要从我的眼睛里就能看出我的心情，看到为父的忧虑是多么沉重啊！你可以挑选天上地下我所能给予的任何东西，我指着斯提克斯河发誓，它将是你的！唉，你还是不要做

● 读书笔记

_____
_____
_____
_____
_____

这最危险的事吧!"

这青赫里阿斯恳求,加上赫里阿斯已经说出神圣的誓言,无奈之下,太阳神只好拉着儿子的手,将法厄同领到由赫菲斯托斯制作的太阳车那里。车轴、车辕和轮边都是金的,辐条是银的,辔头上闪烁着橄榄石和其他宝石的光辉。当法厄同正在对这完美的工艺进行赞叹时,东方的黎明女神已经醒来,并将直通到她的紫色寝宫的大门敞开。此时的星星已经很稀疏了,在天上停留得最久的晨星也已隐去,同时新月的弯角也在渐渐变亮的天边变得惨白。现在赫里阿斯下令让有翼的时光神祇将马匹套好。他们都按命令行事,将浑身泛着光辉的喂饱了仙草的马匹从华丽的马厩中牵出来,并给它们套上了发光的鞍鞯。然后,赫里阿斯将一种神奇的膏油涂抹在儿子的脸上,使他能够抵抗炎热火焰的侵袭。他为儿子戴上日光的金冠,不断叹息并警告他说:"孩子,别使用鞭子打马,你只要紧握住缰绳,因为马匹自己会向前飞驰,你需要做的便是让它们尽量跑得慢些。一定要走一条微弯且宽阔的弧线。不要靠近南极和北极。你将会从先前遗留下来的车辙上发现道路。不要行驶得过慢,我害怕你会将大地点燃;也不要飞得太高,我害怕你将天堂烧毁。现在去吧,假使你非去不可,黑夜即将过去!两手一定紧握着缰绳,或者——可爱的儿子啊,现在放弃这种狂妄的想法还来得及!把车子让给我驾驶,让我发光于大地,你只在旁边看着吧!"

这孩子似乎丝毫没有听见父亲的话,一下子就跳上了车子,很兴奋地用自己的双手握住缰绳。他只是对忧虑的赫里阿斯表示感谢。四匹有翼的强壮的马嘶鸣着,空气因为它们灼热的呼吸而燃烧起来。同时,忒提斯对她的孙儿即将开始的冒险一无所知,她敞开她的大门。世界的广阔空间瞬间尽收在法厄同的眼底,马匹们飞奔起程并将破晓的雾霭冲散。

但没过多久,它们感到自己的负重比往常要轻,就像没有载够重量在浪涛中不停摇荡着的船舶。车子在空中左右摇摆乱晃,无目的地在天空左右奔突，就好像车中没有载人一样。当马匹察觉到后，它们离开天上的故道自由奔驰，并在野性的急躁中互相冲撞。法厄同开始不停地战栗。他不知道该向哪个方向拉扯缰绳，不知道自己身在何方，也不能控制这些拼命狂奔的马匹。当他从天顶向下观望时，看见陆地这么遥远地在下面展现出来。他的面颊吓得惨白，他的两膝因为恐惧而变得颤抖。他向后回顾，发现自己已经走了很远，望望前面又觉得眼前一片辽阔。他心中算计着前方和后方的距离，只好呆呆地看着天空，不知该如何是好。他无助的双手既不敢放松又不敢将缰绳拉紧。他想让马匹听从他的指令，但又不知道它们的名字。他发现许多星座散布在天上，它们奇异的形状好像群妖，他的心因恐惧而变得麻木。他在绝望中开始发冷，一不小心失落了缰绳，马匹们立即脱离了轨道，奔驰到空中的陌生领域。有时它们飞跑向上，有时它们突奔向下，有时它们又向固定的星星冲去，有时又向着地面倾斜而来。它们掠过云层，云层就泛起火焰并开始冒烟。车子更低地向下飞奔，直到车轮触到地上的高山。大地因灼热而震动开裂。生物的液汁都被烈焰烧干。突然，一切都开始颤动。草丛枯槁，树叶枯萎并燃烧。大火也蔓延到平原并将谷物烧毁。整个城市也开始冒着黑烟，一个一个的国家和城市中所有的人民都在烈焰中变成灰烬。山和树林都被烧毁（据说，埃塞俄比亚人的皮肤就在此时变成了黑色）。河川或者干涸或者倒流。大海变得凝缩，本来有水的地方现在全变成了沙砾。

全世界都在燃烧，法厄同开始感到无法忍受的焦灼和炎热。他每呼出一口气都像是从滚热的火炉里流出，而且车子也灼烧着他的足心。他被燃烧着的大地所释放出来的灰烬和浓烟所困扰。马匹颠簸着他，黑烟围绕着他。最后宙斯只好用一道闪电击中法厄同，他从车中跌落，并在空中盘旋而下，就像在晴空里划过的一颗流星。远离他家园的广阔的厄里达诺斯河容纳了他，并将他震颤着的躯体埋葬。

他的父亲——太阳神——眼看着这悲惨的景象而无能为力，只好隐去头上的神光，陷于忧愁之中。据说，在这一天全世界都没有阳光，只有大火将整个广阔的田野照亮。

人物简介：

赫里阿斯：太阳神。提坦神赫披里昂之子。后来希腊人认为赫里阿斯就是阿波罗。

法厄同：他是赫里阿斯和克吕墨涅所生的儿子，由于强行驾驶赫里阿斯的太阳车，最后被宙斯用雷电击死。

品读赏析

法厄同没有听从父亲的劝告，一意孤行，不但葬送了自己的性命，还给人间带来了巨大的灾难。本文用生动的语言描写了大火中万物挣扎的情景，渲染了浓浓的悲剧色彩。这个故事告诉我们：做事要量力而行，更要听取他人的意见，争强好胜会给自己和他人带来意想不到的烦恼。

拓展延伸

天蝎座的由来

法厄同控制不了太阳车，只能任由它在时空里穿梭，人世间因此充斥着无数怨气。为了制止悲剧的蔓延，他的妹妹赫利阿得斯放出一只毒蝎咬住了法厄同的脚踝，但一切为时已晚，被雷电击中的法厄同和太阳车一起从天空坠落。最后，赫利阿得斯变成了一棵白杨树，赫利阿得斯的眼泪变成了晶莹的琥珀。宙斯为了警示自负的人类，以那只立了大功的蝎子命名了一个星座，叫天蝎座。

欧罗巴

● 读书笔记

● 阅读点睛

此句中"持盾者"是对宙斯的解释说明。

推罗与西顿位于亚洲西部，是阿革诺耳国王的领地。阿革诺耳国王有一个女儿叫欧罗巴，她深居在父亲的宫殿里。一天夜里，正当人们在睡梦中做着虚幻的但骨子里却包含着真实的梦时，天神将一个奇异的梦赐给了她：那好像是两块大陆——亚细亚及其对面的大陆——幻化成两个妇人的形象，正争斗着要将她占有。其中的一个妇人有着一种异国风度，而另外一个人——这正是亚细亚——外表和动作都像是欧罗巴的女同乡一样，既温和又热情地要求得到她，并且说这个可爱的孩子是由她所生并养育长大的。但那个外来的妇人却将她紧紧地抱在怀里——像是抱着一件偷来的宝物一样，并将她带走了。更离奇的梦境是，欧罗巴既没有挣扎又没有企图要阻拦她。

"跟我来吧，我的小情人，"这个外乡人说，"我将带你到宙斯，即持盾者那里，因为命运女神已经指定让你做他的情人。"

欧罗巴从梦中醒来，觉得自己的血液涌上了面颊，她便立刻从床榻上坐起身来，夜间的梦仿佛白天真实发生的一样清晰。她呆坐了很长时间,张大眼睛望着——仿佛仍然看见这两个妇人就在自己的眼前。最后她的嘴唇抽动起来,她惊惧地自言自语:"什么样的神祇赐给了我这个梦呢?当我安然地睡在我父亲的宫殿里,是什么奇怪的梦来诱惑我呢?这陌生的妇人到底是谁呀?看到她,我产生了一种什么样的欲望啊?她是多么可爱地向我走来!甚至将我带走时,她仍然以一种母亲般柔和慈爱的目光看着我。祈求神祇让我的梦成为一个吉兆吧!"

⬤ 阅读点睛

　　清晨时,白天的阳光已经把梦中的暗影从欧罗巴的心头驱散了。她起床后忙着自己作为一个女孩子的日常工作和娱乐。和她同年龄的朋友——贵族家庭的女儿们,都聚拢在她的周围,陪她一起散步、歌舞和祭神。她们引导着这位年轻的女主人来到一片紧靠着海边且盛开着许多花朵的草地上。在那里,同行的所有人都聚集在一起欣赏冲击着海岸的浪花声和盛开的花朵。所有的女郎都手持着花篮。欧罗巴自己也拿着一只漂亮的雕刻着神祇们灿烂生活的金花篮。这只花篮便是由赫菲斯托斯制作的。很久以前,波塞冬——大地的震撼者向利比亚求爱的时候,将此花篮献给了她。它就世世代代地流传下来,直到阿革诺耳得到了它并把它作为一件家传的宝物。可爱的欧罗巴摇摆着这更像是新娘饰品的花篮跑在同伴的前头,第一个来到这美不胜收的海边的草地上。女郎们发出快乐的言语声和欢笑声,每个人都忙着摘取她们心爱的花朵。一个人采摘绚丽的水仙花,而另一个人折取芳香的风信子,第三个又选中美丽的紫罗兰。有些人喜欢百里香,其他一些人又喜欢黄色番红花。她们在草地上四处奔跑着,但欧罗巴很快就发现了她所要寻觅的花朵。她站在朋友们的中间犹如鹤立鸡群,就好像从水沫中出生的爱之女神站

驱散:1.赶走,使散开;2.消除,排除。

⬤ 阅读点睛

　　"很久以前,波塞冬——大地的震撼者向利比亚求爱的时候,将此花篮献给了她。"此句采用了插叙的手法,解释花篮的由来。

在美惠三女神的中间一样。她双手高高地举起一大枝火焰般的红玫瑰。

当她们采到了她们需要的一切,她们便蹲在柔软的草地上开始编织花环,想以此作为献给守护这个地方的女神们的谢恩礼物。但她们从这美妙的工作中获得的欢乐是注定要被打断的,因为突然间昨夜梦中所预示的命运闪现在欧罗巴那无忧无虑的少女的心里。

宙斯——克洛诺斯之子,被爱神阿佛洛狄忒的金箭射中了——在众神中,只有她能够征服这不可一世的万神之父。因此,宙斯被年轻的欧罗巴的美貌所打动。但由于害怕忌妒成性的赫拉的愤怒,并且如果宙斯以他自己的形象出现,很难成功引诱这纯洁的女郎,于是他想出一条诡计,将自己化身为一头牡牛。但这并非平凡的牡牛,也不是那种在田野里常见的背负着轭或重载的牡牛!他变成的牡牛华丽而高贵,有着宽肩和粗颈。它的两角细长且美丽,就好像人工雕刻的一样,并且比无瑕的珠宝还要晶莹剔透。它的身体呈金黄色,但在前额当中则闪烁着一个新月形的银色标记。燃烧着情欲的亮蓝色眼睛在眼窝里狡黠地转动着。在自己变形之前,宙斯曾将赫耳墨斯召唤到奥林匹斯圣山(他的心思却只字不提),指示他做一件事。"快点,我的孩子,我忠实的执行者,"他说,"你看见我们下面的那片陆地了吗?向左边看,那是腓尼基。到那里去,把在山坡上吃草的属于阿革诺耳国王的牧群赶到海边去。"这有翼的神祇马上听从他父亲的命令,飞到了西顿的牧场,把阿革诺耳国王的牛群(其中有着变形后的宙斯,但赫耳墨斯却不知道)赶到那片欧罗巴和她的伙伴们尽情玩耍的草地上。牛群四散开来,低头在距离女郎们很远的地方吃着青草。只有宙斯化身的美丽的牡牛来到欧罗巴和她的女伴们坐着的小山上。它十分优雅地移动着。它的前额毫无威胁,发出的目光也无恶意,它看起来像是很和善的。欧罗巴和她的女伴们对这头牡牛高贵的身体和它那和平的态度不住地夸赞。她们想要更近一些地仔细观察它,轻抚它的光耀的背部。这牡牛好像了解她们的心思,愈走愈近,最后终于来到欧罗巴的面前。最初欧罗巴吃了一惊,并不停地后退,但这牡牛也在不断地靠近。它表现得十分温驯,所以她又鼓起勇气向牡牛走来,将散发着香气的玫瑰花放在他那嘘着泡沫的嘴唇边。它亲昵地舔着那朵献给它的花,舔着那只为它拭去嘴角泡沫并开始温柔爱抚它的美丽的手。渐渐地，这生物让女郎更加着迷了。她甚至甘愿冒险去亲吻它那锦缎一样的前额。对于这些举动，它发出快乐的牛鸣，但这并非普通的牛鸣，而是如同在高山峡谷中回响着的吕底亚人的芦笛的声音。后来它俯卧在她的脚下，用爱慕的眼神望着她，并扭转它的头好像在向她指示它那宽阔的牛背。

此刻，欧罗巴向她的女伴们发出了呼唤。"过来看呀，"她喊道，"让我们爬上这美丽牡牛的脊背来骑着它。我想它同时可以坐得下我们四个人。看看它是如此温柔如此驯良，和别的牡牛一点也不一样！我确信它的思想如同人类一样，它所缺乏的只是说话！"她一边说着，一边从她的女伴们手中取过花环，将它们一一地挂在牛角上。最后她灵巧地跃上牛背，但其他的女郎们却瑟缩退后，踌躇而且害怕。

当这牡牛达到了它的目的后，就从地上一跃而起。起初它缓缓地走着，但仍让欧罗巴的女伴们追赶不上。当它走到草原的尽头时，空旷的海岸便展现在面前，它就加快速度像飞马一样前进。在这女郎还来不及察觉发生了什么事情时，它就跳到海里，背负着她泅渡着离开海岸。她用右手攀着它的一只牛角，用左手扶着牛背，为的是使自己坐稳。海风将她的外衣吹拂得如同风帆一样。在恐惧中，她顾盼着远离的海岸，呼叫着她的伙伴们——但是这些都是徒劳的。海浪拍击着牡牛的腹部，她因害怕弄湿身体而紧缩着她的两脚。这牡牛浮游在海上如同一艘船一样。不久，陆地消失，太阳沉落，在夜晚的微弱光线中，她除了星光和浪花以外什么都看不清。第二天整整一天，这牡牛在海上游得更远了，但它如此灵巧地分着水，没有让一滴水溅到它的乘者。最后，在晚上的时候，他们到达了一块远方的陆地。牡牛跳上岸来，在一棵伞样的树下将这女郎从它的背上卸下来。然后它突然消失不见，在原地却出现了一个美丽得如同天神一般的男子。他告诉她，他是这海岛即克里特岛的岛主，他愿意保护她，如果她同意委身于他。在寂寞和忧愁中，欧罗巴向他伸出她的双手表示她同意了，于是宙斯达成了他的愿望。

当欧罗巴从长睡中醒来时，太阳已经高高地升到了天上。她独自一人，显得无助而惶惑，望着她的四周，就好像她希望自己身处家中一样。"父亲啊，父亲！"她在绝望中大声喊叫。随即她想起一切，她说："我怎敢提'父亲'二字呢，我这个不慎失身的人！到底是什么样的狂热让我失去了处女的贞洁和爱的真诚？"她望着她的四周，慢慢地把一切事情都回想起来了。"我从哪里来，现在身处哪里呢？"她说，"由于我的不慎，我落到了这个地步。但我真的清醒了吗？我是在哀悼一件丑事吗？或者只是一种迷雾般的梦在搅扰着我，当我再闭上眼睛它就能够消失吗？我怎么会自动爬上这头怪物的背，泅过大海，而不是安全又幸福地在采摘鲜花呢？"

她一边说着，一边用她的手揉着眼睛，就好像要将梦魇驱除一样。她睁开眼睛，眼前所见的仍然是陌生的景物：陌生的岩石和树林，雪白的潮水冲击着远处的礁石，并流向她从来没有见过的海岸。"啊，就在此刻，请让那牡牛落入我的手中吧！"她在愤怒中叫道，"我将把它的身体劈裂，并折断它的两个犄角。但这又是多么愚蠢的想法呀！我傻头傻脑不顾羞耻地远离我的家乡，所以如今我只有一死！假使全部神祇都抛弃了我，让他们至少送来一只老虎或一只狮子吧。也许我的美能够引起它们的食欲，我就不用等待饥饿来摧残我面颊上的花朵了。"

但没有野兽出现在她眼前。陌生的风景幽静而明媚地展现在她的面前，太阳在无云的天空上照耀着。就像被复仇女神们追逐一样，这女郎一跃而起。"可怜的欧罗巴呀，"她叫着，"你没听见你父亲的声音吗？他虽然身在远方，但仍然会对你进行诅咒，除非你自我了结那可耻的生命。你看不见那棵白杨树吗，在那里你可以用带子把自己吊死；或者从那陡峻的悬崖跳下将自己投身于狂暴的大海；或者你宁愿变成一个野蛮暴君的妾妇，夜以继日地成为他的奴隶，为他纺织羊毛，你这个伟大而又拥有权力的国王的女儿！"

就这样，她虽然被头脑中死亡的想法困扰着，而又没有死的勇气。突然，她听到一种嘲弄般的低语，她怕有人窃听她的话语，吃惊地向后望去：那里闪烁着非凡的光辉，站立着阿佛洛狄忒和在她旁边带着小弓箭的她的儿子厄洛斯。女神的嘴角上泛起了微笑。"将你的愤怒平息吧，不要再反抗了，"她说，"你所憎恶的牡牛会走来并让你折断它伸着的两个犄角。在你父亲的宫殿里将梦送给你的便是我。请息怒吧，欧罗巴！你被一个神祇带到这里。你命中注定要成为不可征服的宙斯在人间的妻子。你的名字将会成为不朽，因为从此以后收容你

的这块大陆将被命名为欧罗巴。"

人物简介：

厄洛斯：他是小爱神，为阿佛洛狄忒与战神阿瑞斯所生。

美惠三女神：她们的名字分别为优芙洛西尼、塔里亚、阿格拉伊亚，是宙斯和欧律诺墨所生的女儿，她们将美带到人间。

阿革诺耳：他是欧罗巴的父亲，为波塞冬和利比亚所生。

欧罗巴：她是阿革诺耳的女儿，后被宙斯所诱惑，成为他的情人。

品读赏析

欧罗巴是阿革诺耳国王的女儿，因长相漂亮被多情的宙斯看中，并据为己有。她孤独、绝望又痛苦，却无能为力。在整个事件中，欧罗巴只是一个无辜的受害者。这个故事显示出父权制在古希腊社会中的主导地位，以及男性掌握话语权的男权社会体制。

拓展延伸

亚细亚

亚细亚是古闪米特语，意思是太阳升起的地方。亚细亚就是亚洲，是世界上面积最大、人口最多的大洲，约占陆地总面积的29%，约占世界人口总数的60%。亚洲的东侧是太平洋，南侧是印度洋，西侧是大西洋，北侧是北冰洋。西面与欧洲相邻，西南面与非洲隔海相望，东北面与北美洲相邻。

卡德摩斯

卡德摩斯是美丽的欧罗巴的哥哥,腓尼基国王阿革诺耳的儿子。在化身为牡牛的宙斯将欧罗巴带走以后,阿革诺耳派卡德摩斯和他的兄弟们四处去寻找她,并且严厉地告诉他们,除非他们找到欧罗巴,否则永远不许回来。在很长一段时间里,卡德摩斯都徒然地在世界上游走,却始终无法找到被宙斯的诡计所骗去的妹妹。他害怕父亲的震怒,不敢回到故乡,因此,他请求赫里阿斯赐给神谕,明示他应当在哪里安度他的晚年。但太阳神却说道:"在一片荒寂的草原上,你会发现一头从没有背负过轭的牛犊。你要紧紧跟随着它,当它躺在草地上休息时,你要在那个地方建立城市并将其命名为底比斯(又译忒拜)。"

卡德摩斯离开了接受赫里阿斯神谕的卡斯塔利亚圣泉。他刚来到一片绿色的牧场就发现了一头脖子上没有背负过轭的痕迹的牛犊。于是,他开始对赫里阿斯默默地祈祷,缓缓地跟随着牛犊走着。它蹚过刻菲索斯的浅滩,又走了很长一段路后才停下来,它用两角指向青天,并且高声号叫,然后回头望向卡德摩斯和他的随从,最后躺在柔软的草地上。

满怀着感谢,卡德摩斯也在草地上俯卧下去,并对这异国的土地进行亲吻。然后他准备向宙斯进行献祭,并派遣随从四处寻找能够作为灌溉用的清泉。在那个地方存在着一片从来都没有经过砍伐的古老树林。林中树木盘根错节,岩石横卧深谷,清冽的泉水正潺潺地流着。洞穴里面隐藏着一条毒龙;很远就能看见它紫色的龙冠在闪光;它的闪耀的眼睛如同燃烧的火焰;它的身体庞大而有毒；它那排着三层利齿的口中，吞吐着三叉的舌头。当腓尼基人到树林亮光处用水罐打水时，毒龙就从岩洞里伸出它那青蓝的头并发出可怕的嘘声。腓尼基人吓得将水罐从手中滑落，血液瞬间冻结在血管中。毒龙将它长着鳞甲的身躯盘成一团，把头高高扬起，狰狞地看着腓尼基人。它突然冲向腓尼基人，或用毒牙将他们咬死，或用身体卷缠将他们勒杀，或用口中流出的毒涎或发出的恶臭将他们毒杀。

卡德摩斯见他的随从出去很久后还没回来，便去寻找他们。他的紧身服是他从狮身上剥下的狮皮，他的武器是一把剑和一支标枪，而比这些武器更好更坚强的则是他那颗勇敢的心。一走进树林里，他便发现了一大堆尸体——他那些早已死去的随从，也看见那得胜后盘踞在尸体上面的仇敌。它的肚子此刻正膨胀着，正用舌头舔食着那些牺牲者的鲜血。

"唉，我可怜的朋友们啊，"卡德摩斯叫着，"或者我为你们复仇，或者我和你们死在一起！"说完，他就抬起一块大圆石向毒龙砸去。这样巨大的石块会使被砸中的岩壁发生震颤，但毒龙却纹丝不动。它坚硬的鳞甲和黝黑的厚皮如同铁甲一样保护着它。现在卡德摩斯将他的标枪投掷出去，这次结果比较理想，枪尖深深刺入这怪物的脏腑。它被创痛所激怒，回过头来咬碎标枪，但枪头却牢牢地刺在身上。它又挨了卡德摩斯一剑，这使它更加暴怒，它张着血盆巨口，毒颚里喷吐着毒液。毒龙像箭一样冲过来，但胸部却碰到了树干上。卡德摩斯躲过它的进攻，束紧身上的狮皮后，拔出枪头刺进毒龙的口里，使它的毒牙的力量消耗在枪头上。这怪物口吐鲜血，将它周围的草地都染红了。但毒龙伤势不重，还能躲避卡德摩斯的攻击。最后卡德摩斯一剑刺去，刺穿了毒龙的脖颈，并深深刺入橡树，因此毒龙便被钉在树身上。橡树被毒龙的身体压弯,它的龙尾只能徒劳地四处鞭打。

卡德摩斯长时间地凝视着这头被他杀死的毒龙。后来他将视线从毒龙身上移开并向四方进行眺望。他看见从天而降的雅典娜,她命令他将泥土掀起,并播种下巨龙的毒牙——这便是一个未来种族的种子。他听从女神的话,在地上挖了一条深而宽的沟,将龙牙种下。龙牙刚种下后土块便即刻凸起,先露出枪尖,其次是带着鸟毛的盔,接着为两肩、胸脯、四肢,最后一个全副武装的武士从泥土里出现在地面上。同时在许多地方都发生相同的状况。所以就在这个腓尼基人的眼前,从土里生长出一整队全副武装的武士。

他感到十分惊愕,并准备着和新的敌人战斗。但一个泥土所生的人对他说道:"不要对我们用武!不要对我们兄弟之间的冲突进行干涉!"他一面说,一面抽出利剑将另一个武士击倒,同时他自己又被别的武士投掷的标枪刺中。而投掷标枪的武士也同时受伤倒地,结束他刚刚得到的生命。这一整队武士都在激烈地厮杀,不久差不多都躺在地上,在死亡的痛楚中挣扎,而地母却在痛饮着她所生的只有着短暂生命的儿子们的血。最后活下来的仅有五个武士,其中的一个武士(即后来被称作厄喀翁的)最先按照雅典娜的吩咐放下了手中的武器,发出了和平的建议。别的武士也都相继效仿他。

从腓尼基来到此地的异乡人卡德摩斯就和泥土所生的五个武士按照太阳神的神谕建立了城市,并按照神的命令将其命名为底比斯城。

人物简介:

卡德摩斯:他是欧罗巴的哥哥,阿革诺耳的儿子。在寻找妹妹的途中,他建立了底比斯城。

厄喀翁:他是由卡德摩斯播种的毒龙的牙齿所生的地生人中的一个。

品读赏析

本文塑造了一个充满正义感的英雄形象——卡德摩斯。他把自己的随从当作朋友,为了替他们报仇而不顾自己的生命安全,与毒龙缠斗在一起。最终,他不但战胜了毒龙,还得到了未来种族的种子,建立了属于自己的国家——底比斯城。卡德摩斯的成功告诉我们:想要成功就不能畏惧,更不能退缩。

拓展延伸

《忒拜城》

北京市河北梆子剧团曾经把剧目《忒拜城》搬上舞台。《忒拜城》讲述了一个悲剧故事:忒拜王室两兄弟轮流执政,因其中一人失约而引发战争,致使二人同归于尽。他们的舅父克瑞翁登上王位,将兄弟中一人作为英雄厚葬,而另一人却因叛逆暴尸荒野。他们的妹妹不顾禁令将兄长埋葬,后被舅父囚于石窟而自尽身亡。她的未婚夫——舅父的儿子海蒙为之殉情。舅母在安葬他们之后自杀身亡。忒拜王国只留下国王一人孤独终老。

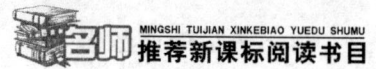

彭透斯

● 阅读点睛

神龛：神龛也叫神椟，是放置道教神仙的塑像和祖宗灵牌的小阁。神龛大小规格不一，依祠庙厅堂宽狭和神的多少而定。大的神龛均有底座，上置龛。

● 读书笔记

_____
_____
_____
_____

酒神狄俄尼索斯（罗马神话中叫他巴克科斯），即卡德摩斯的外孙，宙斯与塞墨勒的儿子，是在一种神异状态下诞生的果实之神，葡萄的发现者，在印度长大。但不久之后，狄俄尼索斯就离开庇护他的女神们开始四处游历，传播新的教理，向人们传授种植葡萄的方法，并让人们建立神龛来供奉他。他虽然带给善良人伟大的慈爱，但对于不相信他是神祇的人，他给予的则是残酷无情及巨大的灾难。狄俄尼索斯的名字和事迹已经传到了希腊和他降生的城市。

当时的底比斯是在彭透斯的统治下的，他的王位是由卡德摩斯传给他的，泥土之子厄喀翁与酒神母亲的妹妹阿高厄正是他的父母。但这位底比斯的国王却经常欺侮神祇，特别是他的亲属狄俄尼索斯。当他看见狄俄尼索斯和其狂热的信徒来到底比斯并说自己是神的时候，彭透斯无视年老的盲人预言家忒瑞西阿斯的警告，开始迫害那些追随狄俄尼索斯的人。

"你们这些疯了的人！身为底比斯人，你们都是毒龙的子孙，你们从来不临阵退缩，对刀剑也不畏惧，现在居然愿意相信一个傻子,你们愿意向那些傻子和妇人投降吗?而你们腓尼基人远从海外来,辛苦地建立城池,供奉你们古代的神祇,难道你们就这样忘记了你们英雄的祖先吗?你们难道愿意就这样让一个手里空空如也的、脆弱的人来征服底比斯吗?他穿的不是铠甲,也没有驾驭马匹的能力,在战争中几乎一无是处。他只是头上戴着葡萄藤的花冠,穿着紫金长袍,难道就让这样的人来征服底比斯吗?我要让狄俄尼索斯承认他自己是个人,就像我这个堂兄一样,宙斯并不是他的父亲,那些他所说的教义和虚礼全部都是谎言!"

彭透斯命令他的仆人们,抓捕这位新的疯狂的教主,无论在哪里见到狄俄尼索斯,都要用链子把他锁住带到城里来。

彭透斯傲慢的言行让他所有的朋友和亲属都感到十分吃惊。他的外祖父卡德摩斯虽已年迈,但也不赞同他的论调。然而,这些善意的劝告和诤言反而增加了彭透斯的怒气,他的愤怒就如同决堤的洪水一样,冲没了所有阻拦的石头。

彭透斯的仆人们满脸鲜血地回来了。"狄俄尼索斯到底在哪里?"他生气地大声问道。

"我们一直找不到他,"仆人们回答,"但是我们带回了他的一个信徒,他好像没有追随狄俄尼索斯多长时间。"

彭透斯以愤怒的目光注视着他的俘虏,大声喝道:"你这个该死的家伙!必须马上将你处死,好警告其他人。你的名字是什么?你的父母是谁?你是从哪里来的?你为什么要信奉这种愚蠢的教义?"

被抓来的教徒平静坦然地说:"我的名字是阿卡忒斯。我的家乡在迈俄尼亚。我的父母都是普普通通的人,父亲没有给我留下土地,也没有留下牧群,他只是教我如何持竿钓鱼——这技术是他唯一能教授给我的。我自己学会了开船的技术,也认识了星星和星座,知道如何判断风向,知道哪里是最好的港口。我成了一个航海的人。有一次,我们开船向罗斯航行,在一处不知道名字的海岸下锚。我转动风帆时看到纳克索斯岛在我们的右边,我就将风帆转到它的方向。船上的其他人向我眨眼并小声说:'应该向左边转啊,你在干什么?你这笨蛋!'但是我还是很怀疑,就说:'那你们来吧。'我便闪到了一边。

"有一个粗暴的人喊道:'我们又不是少了你不行!'他坐在了我的位置上

转动风帆,把船头掉了过来,背着纳克索斯的方向。这个时候神祇站在船尾,望着大海,脸上挂着轻蔑的微笑,好像刚刚发现水手的鲁莽一样。他假装哭泣着说道:'唉,这里不是我要去的海岸啊!你们怎么能这样欺负人呢?'但其他的水手不相信他的眼泪,还一直嘲笑他,摇着桨继续前进。船突然停在了大海中央,没有办法动弹,水手们不管怎样用力划桨和扯帆都没有用,整个船就像搁浅了一样。葡萄藤缠住了船桨,沿着桅杆向上生长,所有的风帆上都挂着成熟的葡萄。狄俄尼索斯则在光辉中直挺挺地站着,前额系着用叶子做成的发带,手执缠满葡萄藤的神杖。虎、豹、山猫都爬到甲板上,趴在他的周围,芳香的酒在船上流淌。水手们全都被吓坏了,有一个人刚要叫喊,却发现他自己的嘴已经变成了鱼嘴。其他的人还没有发出声音时,也变成了这个样子。他们的身体逐渐缩小,皮肤慢慢变成了淡蓝色的鱼鳞,脊骨不断弯曲,手臂也变成了鱼鳍,双脚变成了鱼尾。他们全都变成了鱼,跳进了海里,在海浪中上下游动着。只剩下我一个人时,我吓得发抖,害怕自己下一秒也变成鱼。但是也许因为我并没有伤害他,所以狄俄尼索斯对我很亲切,他和蔼地说:'不要害怕,送我去纳克索斯。'当我们到达纳克索斯后,他便传授我教义。"

"我已经没有耐心再听下去了,"彭透斯大叫,"给我抓住他!"他命令他的仆人们:"让他尝尝各种酷刑的滋味,再把他关到地牢里!"仆人们给这个教徒戴上锁链,并将其囚禁在地牢中。但是,一只看不见的手却悄悄把他放了。

对这个教徒的囚禁表明彭透斯对狄俄尼索斯的信徒开始迫害。彭透斯的母亲和姐妹也参加了这个神祇的新的教会。彭透斯派人去抓捕她们,还将所有的教徒都囚禁在监狱里。但是即使没有其他人的帮助,教徒们也都逃脱了,因为监狱的门是打开的。所有的教徒都冲到了树林里,他们都有着对狄俄尼索斯的狂热崇拜。而带着一队武装战士去抓捕狄俄尼索斯的人也很惶惑地回来向彭透斯复命,因为狄俄尼索斯微笑着束手就擒,没有丝毫反抗。而站在彭透斯面前的狄俄尼索斯依然闪耀着神的光辉,让彭透斯也觉得惊奇。但是彭透斯国王固执地坚持着自己的错误,还是要把狄俄尼索斯当作一个妄称自己是神祇的人来处置。彭透斯让他的仆人给狄俄尼索斯戴上锁链,把狄俄尼索斯囚禁在宫殿后面的马厩旁的黑房子里。但是只因酒神的一句话,大地便为之震动、墙壁倒塌，狄俄尼索斯的锁链也松开了。他没有伤到一点儿，甚至更加得体地出现在世人的面前。

彭透斯不断收到狂热的妇人教徒在树林中发现奇迹的报告，而这些妇人是由他的母亲和姐妹们领导的。只要用她们的神杖敲一敲岩石，就可以从光秃的石间汩汩地流出干净的泉水和芳香的甜酒。而酒神的神杖点触溪水，溪水也会变成香甜的牛奶，连枯树也会流出香蜜。一个报信的人这样对国王说："国王陛下，如果您自己看到那一切，看到您曾讥讽的神祇，您一定也会伏在他的脚下，说出赞美他的颂词。"

可惜这些只能加深彭透斯对狄俄尼索斯的仇恨。他命令他的士兵，将妇人驱散。而这时，狄俄尼索斯来到了彭透斯的面前，他答应和彭透斯一起前往教徒聚集的地方，但是他建议彭透斯最好穿上妇人的服装，以免那些妇人因看到没有入教的男人而把他撕得粉碎。彭透斯很勉强地答应了，他跟随着酒神走出了底比斯城。他已经被狄俄尼索斯的魔法给困住了，他仿佛看到了两个太阳、两座忒拜城，就连每个城门在他眼里也都是双重的影子。他眼中的狄俄尼索斯就像一头长着奇特犄角的野兽。他祈求狄俄尼索斯给他一个神杖，拿到之后他就在疯癫和兴奋中跑远了。

他们就这样来到了峡谷边，这里有着清澈的泉水和浓密的松杉，所有狄俄尼索斯的女性教徒都在这里集合，有的在用新的葡萄藤缠绕神杖，有的在唱圣诗歌颂赞美她们的神祇。但是这位彭透斯国王的双眼已经被蒙蔽了，或许是因为他的领路者使他走着蜿蜒迂回的路，所以他看不见拥挤的教徒。酒神举起了手，奇迹出现了：酒神的手伸到了最高那棵松树的顶端，他将松树向下弯曲，简单得就像是在弯曲一根柳条一样。狄俄尼索斯让彭透斯坐在了最高的树枝上，并让树枝回到了原来的最高位置上。但彭透斯并没有跌落下来，他的全身突然全部被看见了。所有的教徒都看见了他，但是彭透斯却看不见其他的人。狄俄尼索斯在幽深的峡谷中叫喊着，他的声音高亢而清晰："看吧，这是嘲笑我们神圣教义的人！惩罚他吧！"

一切都是宁静的。连树叶也停止了颤动，一点儿声音也没有。教徒们抬起头，当她们再一次听到了召唤时，眼睛中充满着愤怒的火光。她们听出这是狄俄尼索斯教主发出的声音，便如同鸽子般飞快地跑着，她们穿过汹涌的河流，丛林也为她们闪开，最后走到了狄俄尼索斯的面前，看清楚了挂在树上曾经残忍迫害过她们的国王。妇人教徒向彭透斯投掷石子、树枝和她们的神杖，但是没有办法掷到彭透斯所处的最高处。于是她们用橡树的硬树枝挖着松树附近的泥土，直到露出松树的树根，彭透斯在痛苦的叫声中和树一同倒了下来。酒神狄俄尼索斯在彭透斯母亲的眼睛上施了魔法，所以她认不出自己的儿子。狄俄尼索斯让彭透斯的母亲开始惩罚彭透斯，这时候的彭透斯恢复了知觉和理智，他叫道："母亲啊，是我啊，请不要惩罚您的亲生儿子啊！"他不停地叫喊着，并抱住自己母亲的脖子。"您不认识您的儿子了吗，母亲？您已经不认识您在厄喀翁的屋子里生下来的彭透斯了吗？"但这位狂热的教徒，仍然睁大眼睛看着他，即使他已经口吐白沫，也没有认出自己的儿子。在她的眼里，看见的不是自己的孩子，而是一只凶狠的狮子。她抓住彭透斯的手臂，将他的右臂扯了下来，而彭透斯的姐妹们又扯下他的左臂。其他暴怒的教徒也拥了上来，每个人都撕下了他身体的一部分，直到将他撕得粉碎。彭透斯的母亲阿高厄满手鲜血地捧着自己儿子的头，还将其放在自己的神杖上，她依然确信那是一只狮子的头，她拿着她的神杖，穿过了喀泰戎的森林。

这就是狄俄尼索斯对蔑视他的神圣教义的人的惨烈报复。

人物简介：

狄俄尼索斯：即巴克科斯。他是酒神，为宙斯和塞墨勒所生。

塞墨勒：她是哈耳摩尼亚与卡德摩斯所生的女儿，后与宙斯生下狄俄尼索斯。

彭透斯：他是底比斯的国王，为厄喀翁与阿高厄所生。

忒瑞西阿斯：他是底比斯的一位盲人先知，为卡里克罗和欧厄瑞斯所生。他是曼托的父亲。

阿忒忒斯：酒神的忠实追随者，曾是一个水手，为酒神开船。

品读赏析

文章用大量篇幅来描写彭透斯对神祇的不敬,尤其是对酒神狄俄尼索斯。彭透斯凶狠残忍、狂妄自大,而且从不听取周围人的意见,这也是他遭遇被撕碎悲惨结局的原因。这个神话故事告诉我们:做事不能固执己见;要用一颗善良的心对待周围的一切。

拓展延伸

罗马神话中的巴克科斯

在罗马神话中,主管植物和动物交配受精的神被称为巴克科斯。罗马人对巴克科斯的崇拜原本带有神秘和阴暗色彩,其高潮为庆祝饮酒的酒神节。许多艺术家都创造过以巴克科斯为主题的作品,如安尼巴·卡拉齐、米开朗琪罗和提香,其中尤以米开朗琪罗雕塑的酒神最为著名。

情节档案

❋ 请仔细阅读《彭透斯》，在横线上填写文章的脉络。

起　因：_____
_____
_____

经　过：_____
_____
_____

高　潮：_____
_____
_____
_____

结　局：_____
_____
_____

珀尔修斯

一个神谕向阿耳戈斯国王阿克里西俄斯昭示：他的外孙子会夺取他的王位并将他杀死。因此，他便把他的女儿达那厄和她与宙斯所生的儿子珀尔修斯一起装在一只箱子里投入大海之中。宙斯暗中保护着这只箱子穿过大风浪，最后，潮水将它带到塞里福斯岛。这座岛是由狄克堤斯和波吕得克忒斯两兄弟所统治的国土。当狄克堤斯正在捕鱼时，发现浮在水面上的这只箱子，他把它拖到岸上后发现了箱中的两个人。他和他的哥哥都深爱着达那厄和她的孩子。波吕得克忒斯决定娶达那厄为妻并许诺用心抚育宙斯的儿子珀尔修斯。

当珀尔修斯长大成人后，他的养父鼓励他外出冒险，并从事一些能够让他得到荣誉的探险——这对青年人来说当然是一件很愿意做的事。他们决定让他去寻找墨杜萨并割下她那可怕的头，然后将它带到塞里福斯的国王那里。

珀尔修斯开始了他的探险。在神祇引导下，他来到众怪之父福耳库斯所居住的地方。在那里，珀尔修斯遇见了福耳库斯的三个女儿：格赖埃姊妹。她们从出生时就长着

◉ 阅读点睛

"一个神谕向阿耳戈斯国王阿克里西俄斯昭示：他的外孙子会夺取他的王位并将他杀死。"此句在文中起引领全文的作用，为下文内容设置悬念。

◉ 阅读点睛

"并从事一些能够让他得到荣誉的探险——这对青年人来说当然是一件很愿意做的事。"此句中破折号起解释说明的作用。

白发，而且她们只拥有一牙一眼，三个人轮流使用。珀尔修斯夺去了她们的牙和眼。当她们要求珀尔修斯退还她们的眼和牙时，他提出了一个条件：要她们告知他到女神们那里去的道路。

这些女神是会魔法的，有着几件令人赞叹的宝物：一个革囊，一顶狗皮盔，一双飞鞋。无论谁拥有它们，都可以飞到他想到达的地方，并能看见任何他想看见的人而不会被发现。福耳库斯的三个女儿告诉了他到女神们那里去的路，所以他将牙和眼归还给了她们。到了女神们那里，珀尔修斯得到了他所要求的宝物。他把革囊挂在肩膀上，把飞鞋绑在脚上，把狗皮盔戴在头上。赫耳墨斯还将青铜盾借给了他。珀尔修斯准备好后，便飞向大海中福耳库斯的另外三个女儿——戈耳工姊妹们所居住的地方。她们之中只有名叫墨杜萨的福耳库斯的第三个女儿是肉身，所以珀尔修斯奉命来割下她的头颅。他发现戈耳工姊妹们此刻正在熟睡。她们都没有人类的皮肤，全身长满龙的鳞甲，没有头发，头上却缠绕着许多毒蛇。她们长着如同野猪一般的獠牙，她们的手全是金属的，并有着能够御风飞行的金翅膀。珀尔修斯知道不管什么人看见她们都会立刻变成石头，所以他背对着这群熟睡的怪物站着，只从发光的盾牌里看着她们三个头的形象，并将其中的墨杜萨认出来。因为有雅典娜指点他如何下手，所以他顺利地将这个怪物的头割了下来。

但这事刚刚做完，一只飞马珀伽索斯便立刻从她的身体里跃出，随即又跃出巨人克律萨俄耳（他们都是波塞冬的儿子）。珀尔修斯把墨杜萨的头装在革囊里，和来时一样，向回飞奔。但如今墨杜萨的两个姐姐醒了，从床上起来。她们看见妹妹的尸体，即刻飞到空中去追逐凶犯。但女神的狗皮盔让珀尔修斯无法被人看见，所以墨杜萨的两个姐姐根本看不见他。他在空中飞行时，猛烈的大风吹着他，使得他像浮云一样在空中左右摇摆，也使他的革囊摇摆着，所以从墨杜萨的头颅渗出的血液顺着革囊滴落在利比亚沙漠的荒野上，于是变成各种颜色的毒蛇。从此以后，利比亚地区便出现了蝮蛇和毒虫之害。珀尔修斯一直向西飞行，等他到达阿特拉斯国王的领土时才停下来休息。

这位国王拥有一片结着金色果实的小树林，他派了一条巨龙盘旋在上空进行看守。珀尔修斯要求在树林里休息，但没有得到允许。因为阿特拉斯国王害怕他将自己的宝物偷走，所以将他从自己的宫殿里赶了出来。这个举动让珀尔修斯十分愤怒，他说道："虽然你拒绝了我的请求，但我却要送给你一件礼物！"于是，他取出革囊里墨杜萨的头颅，将它举向国王，国王看到后即刻变成了石头。或者说得更准确一点，他那巨大身躯即刻变成了一座山；他的须发化成了广阔的森林；他的双肩、两手和骨头全都变成山脊；他的头变成高耸入云的山峰。现在珀尔修斯又把飞鞋绑在脚上，将革囊挂在肩膀上，把狗皮盔戴在头上，慢慢飞到空中。

在旅途中，他飞着来到由刻甫斯执掌政权的埃塞俄比亚的海岸。在这里，他发现一个女子被铁链锁在高于海面的悬崖上。假如不是空中飘拂着她的长发，她的眼中含着眼泪，他会认为她是一尊大理石的雕像。他被她的美丽吸引住了，几乎忘记扇动他的翅膀。"告诉我，"他请求她，"你这本来应该用闪耀的珠宝来装饰的美人，为什么会被锁在这悬崖上呢？告诉我你的家乡在哪里，告诉我你的名字是什么？"

起初她还因羞涩而沉默，害怕同一个陌生人进行这样的对话。假使她能使用她的双手，她一定会用双手将自己的脸遮住。但为了打消这青年误以为她有需要隐瞒的罪过，她回答说："我叫安德洛墨达，是埃塞俄比亚的国王刻甫斯的女儿。我的母亲向海洋的女神，即涅柔斯的女儿们夸耀，说我比她们更美丽，这惹怒了涅柔斯的女儿们。她们让海神涌起一片洪流泛滥大地。随着洪水，来了一个逢物便吞的妖怪。神谕宣示：如果将我——国王的女儿当作妖怪的食物，这灾患就可以避免。因为我的父亲受到人民的逼迫，所以他在悲痛中不得已将我锁在这悬崖上。"

她的话刚说完，波涛便哗的一声左右分开，从海洋深处游来一个妖怪，它将宽阔的胸膛平铺在海面上，把这女郎吓得尖声喊叫。她的父母闻声急忙赶来，满怀着内心的悲痛。她的母亲认为这是由于她的过错，所以更加感到痛苦。他们紧紧地拥抱着他们的女儿，但除了悲痛和哭泣以外没有别的法子可想。

于是，珀尔修斯说："哭泣总是有时间的，但行动的机会却稍纵即逝！我叫珀尔修斯，是宙斯和达那厄的儿子。神的翅膀让我能够在空中飞行，墨杜萨也已死在我的宝剑之下。假如这个女郎是自由身，并且能够在众人之中选择她的

◎ 阅读点睛

妆奁：女子梳妆用的镜匣，借指嫁妆。

配偶，我想我是能配上她的。虽然她现在这个样子，但我依然要向她求婚，并且愿意搭救她。"这时，喜出望外的父母不仅答应将女儿许配给他，还将他们自己的王国作为她的妆奁。

当他们正在谈论时，妖怪却像扯满风帆的船舶一样向悬崖游了过来，眼见离悬崖只有一米远了。青年用脚一蹬，便腾空飞起。妖怪发现他在海上的影子，便飞速地朝影子追去，因为妖怪认为有一个敌人要骗取它的猎物。珀尔修斯从天空向下俯冲，就像一只雄鹰落在妖怪的背上，并把杀死墨杜萨的宝剑刺进它的后背，只有剑柄露在外面。当他将宝剑抽出来时，这有鳞甲的妖怪一下就跃到空中，忽然又潜入水底，并四下奔突，就好像被一大群猎犬追逐着的野猪一般。珀尔修斯一再对这怪物进行攻击，直到黑血从它的喉管喷涌而出。但英雄的翅膀也被打湿，他不能再依靠他的翅膀移动。幸而，他发现一根尖端还露在水面的帆柱，便用左手抓着它支撑住自己，右手持着宝剑，一次、两次、三次、四次地用剑捅进妖怪的肚子。最后，海浪将妖怪的巨大尸体运走，不久它便消失在海面上。珀尔修斯跳到海岸上，迅速地爬上悬崖，将女郎的锁链解开。她怀着感谢和爱慕之情来欢迎这个英雄。他将她带到她那欣喜若狂的父母那里，金殿的宫门也被人们打开迎接眼前这位英勇的新郎。

当婚庆的盛宴正处在欢乐的高潮时，宫廷中突然变得扰攘。国王刻甫斯的弟弟菲纽斯，从前曾向他的这位美丽的侄女安德洛墨达求过婚，但是在她的生命遭遇危机时他却抛弃了她。现在他领着一支武装队伍，来夺回曾经属于他的未婚妻。他挥舞着手中的长矛闯入结婚的礼堂，并对着珀尔修斯进行高声咒骂。眼前发生的一幕让珀耳

◎ 读书笔记

修斯很吃惊。"我要向抢去我的未婚妻的贼人复仇!不管是你的翅膀,还是你的父亲宙斯,都无法使你逃脱!"菲纽斯一面说着,一面将矛头指向新郎。

刻甫斯立刻站起来,对着他的兄弟叫喊:"你疯了!究竟是什么东西驱使你做出这样的恶事?珀尔修斯并没有抢去你的未婚妻。当我们被迫同意让我女儿牺牲生命的时候,你无情地舍弃了她。作为一个情人或者一个叔父,你竟然袖手旁观,看着她被绑走而无动于衷!你自己为何不从悬崖上将她夺回来呢?现在你应该让她归属于那个正大光明赢取她芳心并以保全我女儿性命而使我的晚年得到安慰的年轻人。"

菲纽斯此刻默不作声。他那凶恶的目光一会儿望着他的情敌,一会儿望着他的哥哥,好像在暗自揣度着应该先对谁下手。但仅仅踌躇了片刻之后,他便在暴怒中用全力向珀尔修斯投出他手中的矛。由于没有投准,矛头只是扎进床榻上的垫子里。现在珀尔修斯也跳了起来,朝着菲纽斯进来的那扇大门投出他的矛。如果不是菲纽斯躲闪在祭坛后面,那矛必然会将他的胸脯刺穿。但它还是刺中了他的一个同伴的前额,所以菲纽斯全部随从都拥上来,和参加婚礼的宾客们短兵相接。他们格斗了很久,但因宾客与闯入者之间的数量相差悬殊,珀尔修斯最后发觉自己被菲纽斯及其随从包围了。箭在空中飞射就好像是暴风雨中飞舞的冰雹。珀尔修斯背靠着一根柱子,他利用这有利的地形来和敌人周旋,阻止他们的前进,并且杀死了很多的敌人。但毕竟敌人的人数太多了,当他发现单凭勇气已经毫无用处时,他不得不使用最后的手段。"是你们逼我这样做的,"他喊道,"我过去的仇敌现在将成为我的帮手!请这里所有的亲朋好友都转过头去!"于是他把挂在肩上革囊里的墨杜萨的头颅拿了出来,向靠近他的菲纽斯的随从举了起来。这人只看了一眼,就轻蔑地大笑起来。"去,让你的魔法见鬼去吧。"他叫道。但当他刚举起矛时却变成了石头,可他的手仍然举在空中。别的随从遭遇了相同的命运。最后只剩下两百个随从了,珀尔修斯高高举起墨杜萨的头,使大家都可以看见,于是两百个随从都立刻变成了石头。直到此时,菲纽斯才悔恨他挑起的这场不义的争斗。他的左右除了石像外已一无所有。他召唤他的朋友们,但无一人回答。他用怀疑的手指轻触着离他最近的随从,但他们此刻已变成了大理石!最后他陷入恐惧中,变得狼狈不堪。"饶我一命吧!"他祈求道,"王国和新娘都给你!"但新朋友的死使珀尔修斯深感悲痛,珀尔修斯很难和他达成和解。"贼徒,"他回答,"我将让你成为我岳父宫殿里的一个永久的纪念碑!"菲纽斯虽然想要逃避,但还是被迫看到那个可怕的头颅。他眼睛里边的眼泪已经凝结成为石头,他怯懦地站在那里,两手下垂着,完全是一副奴仆的卑贱模样。

  现在,珀尔修斯终于可以将他心爱的安德洛墨达带回家了。悠长而光辉的日子正在等待着他。他还找到了他的母亲达那厄。但他仍无法避免给他的外祖父阿克里西俄斯带来灭顶之灾。阿克里西俄斯因为恐惧神谕的暗示,便逃往异地,来到了珀拉斯戈斯国王那里做客,在这里他出席一个节日的盛会。这时,珀尔修斯正向着亚尔戈斯航行,途经此地,也参加了这场盛会,却不慎在掷铁饼时将阿克里西俄斯打死。后来他知道了一切,并知道他所杀死的人是谁,他深痛地哀悼死者,并将他安葬在城外,最后他将所继承的王国卖给了别人。直到现在,复仇女神才停止了对他的迫害。安德洛墨达为珀尔修斯生育了许多英俊又强壮的儿子,他们一直保持着父亲的荣誉。

人物简介:

  达那厄:她是阿克里西俄斯的女儿,后与宙斯生下珀尔修斯。

  珀尔修斯:他是希腊神话中的英雄之一,为宙斯和达那厄所生。

  狄克堤斯:他是波吕得克忒斯的弟弟,他们一起统治着塞里福斯岛。

  墨杜萨:作为戈耳工姊妹之一,她的头可以让看见她的人石化,后被珀尔修斯割下。

  阿特拉斯:他是天的托持者,是普罗米修斯的兄弟,为提坦伊阿珀托斯和克吕墨涅所生。

  刻甫斯:他是埃塞俄比亚的国王,是安德洛墨达的父亲。

  菲纽斯:他是刻甫斯的弟弟,安德洛墨达的叔叔,后被珀尔修斯石化。

品读赏析

本文讲述了珀尔修斯跌宕起伏的一生。他虽多次身处险境,却靠着智慧和勇气自己战胜了强大的对手,摆脱了困境。他善恶分明,对恶人绝不手软;对亲人关爱有加,哪怕是放逐过他的母亲和外祖父。文章运用了环境描写、细节描写、对比等手法,使故事情节更丰富、人物形象更丰满。

拓展延伸

《珀尔修斯与墨杜萨》

《珀尔修斯与墨杜萨》是一座青铜雕像,创作于1545年,放置于意大利佛罗伦萨兰齐回廊。1540年,切利尼应法国国王弗朗西斯一世之邀,去法国为他服务,制作了许多精致的金银工艺雕塑品。1545年,他回到佛罗伦萨,完全投入到雕塑的创作中。在他的众多雕塑品中,应柯西莫大公委托创作的《珀尔修斯与墨杜萨》是最杰出的,也是切利尼样式主义雕塑艺术风格的完全体现。

克瑞乌萨和伊翁

美丽的克瑞乌萨是雅典国王厄瑞克透斯的女儿。她背着她的父母,做了阿波罗的情人,并为他生了一个儿子。由于害怕父亲震怒,她把这孩子藏在一只篮子里,隐藏在她和太阳神秘密幽会的岩洞里。她希望神祇们会可怜照顾这个孩子。为了让这个新生的婴孩能够获得一些身份证明,她替他戴上一条她还是少女时所戴过的由许多小金龙连接成的项链。阿波罗用他的慧眼看到了自己儿子的诞生,他既不愿辜负情人的深情,也没有放弃对这个孩子的营救。所以,他找来自己的兄弟赫耳墨斯——神祇们的使者,因为他是一位对人间和天上都十分熟悉的中间人,所以即使他来到人间也不会引起人们的注意。

"亲爱的兄弟,"阿波罗说,"有一个女人,即雅典国王的女儿,替我生了一个儿子。因为她畏惧自己的父亲,所以将我的儿子藏在岩洞里。请帮我救救他吧!你会发现他躺在一只篮子里并用麻布包裹着。请将他带到我的特尔斐神庙,放在神庙的门槛上。其余的事便由我来处理。因为他是我的儿子,我会好好照顾他的。"

于是,赫耳墨斯——有翼的神祇——飞到雅典,在阿波罗描述的隐蔽处找到了这个孩子,并用柳条编成的篮子把他带到特尔斐神庙,安放在神庙的门槛上,并将盖子略微掀开,使他很容易被人发现。他在夜里便将这事安排妥当。第二天清早太阳刚刚升起,特尔斐神庙的女祭司向神庙走来,发现一个孩子熟睡在篮子里,她认为这是私生子,正要将其从神圣的门槛上丢出去,这时神祇却使她充满对他的孩子的怜悯,所以她慈爱地将他抱起来,并亲自抚育他。这个孩子在他父亲的神坛前嬉戏玩耍却丝毫不知道谁是他的父母。许多年以后,他变得高大而且英俊,特尔斐的人民都将他视为神庙的小卫士,让他对献给神祇的珍贵的祭品进行管理。他在阿波罗的神庙中过着尊贵的生活。

在这漫长的岁月中,克瑞乌萨没有一点儿阿波罗的音信。她禁不住认为阿波罗已将她和她的儿子忘记了。这时,雅典和邻国欧玻亚岛发生了最为惨烈的战争。最后,欧玻亚人失败了,主要是由于从亚加亚来的一个外乡人带给雅典十分有效的援助。这个外乡人便是克苏托斯——宙斯的儿子。他要求把和克瑞乌萨结婚作为他对雅典援助的报酬,他的要求得到了允许。但好像是太阳神为了惩罚他的情人和别人结婚,所以克瑞乌萨无法生育,一直没有孩子。很多年以后,她想起应该去特尔斐神庙去求子,而这正中阿波罗下怀。

公主与她的丈夫在几名仆人的陪伴下出发到特尔斐去。就在他们即将到达神庙的时候,阿波罗的儿子跨过门槛,按照惯例用桂枝来打扫院子,这时他看见这个向神庙走来的贵妇人。这个贵妇人一看见神庙就开始啜泣起来。她庄严的态度让阿波罗的儿子十分惊讶,他冒昧地询问她悲痛的原因。

"我并不觉得奇怪,"她叹息着回答道,"我的悲痛引起了你的注意。因为我可悲的命运很容易从我的脸上显现。"

"我并不想对你的伤心事进行干预,"这青年说,"但是,如果你愿意,请告诉我你是谁,是从何处而来的。"

"我叫克瑞乌萨,"公主回答,"我的父亲是厄瑞克透斯,雅典便是我的故乡。"

这青年兴奋地大叫起来:"那是一个多么体面的地方呀!你所在的家族又是多么有名望!那是真的吗?我们曾经在图画上见过你的曾祖父厄里克托尼俄斯像一棵树苗一样从泥土里长出来,雅典娜女神把这泥土所生的孩子装在匣子里,派两条巨龙看守着匣子,并让刻克洛普斯的女儿们去保护这个匣子,但是她们无法控制自己的好奇心,便将匣子打开,看见匣子中的小孩,便突然发了疯,自己从碉堡的岩石上跳下来摔死了,是这样吗?"

克瑞乌萨默默点了点头,因为她的先祖们的故事让她想起已失去的孩子的命运。但他仍然站立在她的面前,继续着他那些天真的询问。"请告诉我,尊贵的公主,"他问道,"那些也是真的吗,因为遵照神谕,你的父亲厄瑞克透斯为了战胜敌人而牺牲他女儿的生命,即你的姊妹?假使这是真的,为什么唯独你一人还活着?"

"那时我刚刚出生,"克瑞乌萨说,"我还身处襁褓之中。"

"后来大地劈裂,将你的父亲厄瑞克透斯吞食了吗?"这青年接着追问,"波塞冬真的用他的三尖神叉杀死了他,他的坟墓就在阿波罗最喜欢的岩洞附近吗?"

"啊,外乡人,别对我提起那个岩洞!"克瑞乌萨很悲痛地将他的话打断。"那正是发生背信弃义和重大错误的场所。"她沉默了片刻,紧接着又恢复了镇静。她认为这个青年不过是神庙的卫士而已,所以她告诉他,她是克苏托斯的妻子,她和他一起来特尔斐祈求神祇赐给她一个儿子。"阿波罗,"她叹息着说,"他明白我没有儿子的原因。也只有他能帮助我。"

"你真的没有孩子吗?"这青年悲哀地问。

"没有,"克瑞乌萨说,"我忌妒你的母亲能拥有如此英俊的儿子。"

"我对自己的母亲一无所知,也不知道我的父亲是谁。"这青年忧伤地回答道,"我从没有在我母亲的怀里躺过,也不知道我是如何来到这里的。我的养母——这座神庙的女祭司所告诉我的只不过是她曾由于可怜我而将我抚养成人。从我记事起我就住在这个神庙里。我是阿波罗的仆人。"

这公主一面听着,一面沉思,但她的思想此刻仍然模糊不清。"我了解一个妇人的命运很像你的母亲,"她说,"也正是她的缘故,我来这里对神进行祈求。你是神的仆人,趁她的丈夫还没有来到她的跟前,我将她的秘密明白告诉你。这个妇人的丈夫陪伴她一起前来,但因为要聆听特洛福尼俄斯的神谕,他此刻仍停留在路上。这妇人声称在她与现在这个丈夫结婚以前,她曾是阿波罗的妻子,并替阿波罗生下一个儿子。她将这个儿子藏在某个地方,从此以后就不知道他到底是死是活。为此,我要替我的这个朋友来问问究竟她的儿子是活着还是死去很长时间了。"

"这是多少年前发生的事情?"这青年问道。

"如果这个孩子仍活着,"克瑞乌萨说,"他正是你这般年纪。"

"啊,我自己的命运和这个孩子的命运是如此相像啊!"这青年悲愁地叫道,"她四处寻访她的儿子,而我也在寻访我的母亲。可是她的事情是在很远的地方发生的,我们彼此又不相识。不过你别希望神祇会达成你的心愿。因为你用你的朋友的名义来控诉他的不义,而神祇是不会承认自己的错误的。"

"等一等!"克瑞乌萨说,"我刚才所讲的那个妇人的丈夫现在已经来了。忘记我所告诉你的吧,也许我太心直口快了。"

克苏托斯欣喜地向他的妻子走来。"克瑞乌萨!"他呼喊着她的名字,"特洛福尼俄斯已经传达给我吉利的消息。我们将会带着一个孩子回去的!这位跟你在一起的年轻人是谁?"

这英俊的青年十分有礼貌地走向王子,并且告诉他,他只不过是服侍阿波罗的仆人,而那些被命运所挑中的特尔斐男子中最高贵的人身处神殿的最里层,他们此刻正坐在女祭司准备向他们宣示神谕的三角神坛的周围。王子听到这里,就吩咐克瑞乌萨用祈求者必须持有的花枝来装饰自己,在那露天底下并且周围饰以桂叶花环的神坛前祈求阿波罗吉利的神谕。他自己急忙退到神坛的后面。而那位英俊的青年则仍然守护在前庭。不久以后,

> **阅读点睛**
>
> "她四处寻访她的儿子,而我也在寻访我的母亲。"此句表达了母子俩相互寻找所经历的痛苦,为下文的相认做好了准备。

读书笔记

青年听见大门启闭发出的巨大的响声，接着又看见克苏托斯满心欢喜地跑出来。他急切地用双臂拥抱眼前这个青年，唤他为"儿子"，并且要求这个青年也拥抱他并热烈地对他亲吻，直到太阳神的这个年轻的仆人认为他发了疯，用力将他推到一旁。但克苏托斯并不在意他的举动。"神已向我启示，"他坚定地说，"神谕暗示我，我出来后遇见的第一个人便是我的儿子。为什么会这样，我却不知道，因为我的妻子从来没有为我生过一个孩子，但我相信神灵。如果他愿意，请他为我揭开这秘密吧。"

现在这个青年不再反抗了，而且自己也感到了空前的快乐，但是他还有点不满足，因为当这个青年亲吻并拥抱自己刚刚得到的父亲时，他悲叹道："啊，亲爱的母亲呀，你此刻身在哪里呢？什么时候我才能够看见你那慈爱的面孔呢？"此外，他对那个没有生过孩子的克苏托斯夫人也十分担心——他确定自己是从没有见过她的——不知她会对眼前意外的义子讲些什么话呢？雅典城又会如何对待他这个并非他父亲亲生的合法子嗣的人呢？但克苏托斯嘱咐他试着勇敢些，并答应不把他当作儿子而是当作一个客人来介绍给他的妻子和人民。于是，他为他起了一个名字叫伊翁，意即步行者，因为当他把他当作儿子拥抱在怀里时，他正在神庙的前庭上漫步。

同时，克瑞乌萨正伏在阿波罗的神坛前进行祈祷，一动也不动。但她的至诚的祈祷被她的仆人给打断了，他们跑来悲哀地嚷道："不幸的女主人啊！你的丈夫此刻正在快乐之中，但你却永远无法得到一个孩子，将他擎在手里或让他依偎在你怀中吃奶。阿波罗此刻赐给他一个儿子，一个已经长大成人的儿子，也许是多少年以前一个天晓得的姘妇替他生的。克苏托斯从神庙里出来时遇到了他。现在做父亲的正在喜爱他发现的儿子，而你将像寡妇一样独守着空房。"

这可怜的公主的心灵一定被神祇给弄糊涂了，竟没有看穿这样一个十分明显的秘密。她在沉默中思忖着她那悲惨的命运。过了一会儿，她才突然询问这个好像已经成为她义子之人的名字和人品。

"他就是这座神庙的年轻卫士，也就是和你说话的那个人。"她的仆人们如实回答，"他的父亲叫他伊翁。我们不知道谁是他的母亲。现在你的丈夫已经前往狄俄尼索斯的神坛替他的儿子做秘密的祭献。不久,那里将会举办一场庄严的宴会。你的丈夫威胁我们不许将这事告诉你,否则我们就要被处死。但出于对你的爱护,我们违反了他的命令。请不要说出这是我们告诉你的!"

有一名对厄瑞克透斯的家族忠心耿耿并对他的女主人十分敬爱的老仆人在离开众人后,便开始咒骂克苏托斯王子,将克苏托斯称为无义的奸夫。他的狂热让他甚至想消灭这个私生子,以免他会非法地来要求得到厄瑞克透斯的继承权。克瑞乌萨回想着自己已被先前的情人所抛弃。在悲愁和迷惑之中,她赞同这名老仆人的阴谋,并向他说明了自己和太阳神的关系。

克苏托斯和伊翁离开神庙以后,他们来到帕尔纳索斯山的双峰,那里的特尔斐人民经常来朝拜狄俄尼索斯,他们认为他和太阳神同样神圣,并用狂欢的盛会来欢迎他的到来。在王子用灌酒于地来庆贺自己拥有儿子之后,这个青年在伴随着他的仆人的帮助下,在露天地上支起了一个华丽而巨大的帐篷,上面覆盖着从阿波罗神庙带来的编织精美的花毡,并且在里面安置了长桌,桌上摆满盛着精致而丰盛的食品的银盘和斟满了美酒的金杯。克苏托斯派遣使者到达特尔斐城,邀请所有的人民都来参加这场盛宴。不久,巨大的帐篷便聚满了头戴花冠的宾客。他们在快乐和光辉中畅饮,但宴席快要结束的时候,出现了一个姿态奇怪的使宾客哂笑的老人,他前来为宾客们敬酒。克苏托斯知道他是克瑞乌萨的老仆人,赞美过他的忠诚和辛勤后,也就不去理会他。他走到酒桌旁边去服侍宾客。临到席终时,音乐响了起来,他吩咐侍童们从餐桌上取去小杯而将金银制成的大杯摆放在宾客们的面前。他自己则拿了一个最美丽的、斟满最高贵的美酒的金杯,表面上好像他要向他的年轻的主人致敬,实际上却在酒里秘密地加入了致死的毒药。当他来到伊翁面前并将几滴酒洒在地上作为灌礼时,一个站得很近的仆人在不经意间说了一句不吉利的话。从小接受神庙的神圣的教义长大的伊翁知道这是一种不祥的预兆,就将所有的酒都倒掉,并要求换一个新杯子斟满新酒,然后用这杯新酒庄严地举行了灌礼。全体宾客也都纷纷效仿。正在此时,一群养育在阿波罗神庙受到神祇保护的圣鸽,从天空中飞来。它们看见地上四处流溢的酒,都飞下来伸嘴去饮。别的鸽子都安然无恚,但喝伊翁倒掉的第一杯酒的鸽子,酒刚一沾嘴就拍着翅膀抽搐而死。这让宾客们都大吃一惊。

至此,伊翁立刻从他的座位上站起,愤怒地将长袍甩掉,握紧拳头叫道:"是谁想谋杀我?说呀,老人,你正是帮凶。是你在酒中下毒,并将杯子递给我的呀!"他紧抓老人不放。这个老人失去保护,害怕了,便将他的罪恶推卸到克瑞乌萨身上。于是伊翁,这个被阿波罗神谕许为克苏托斯儿子的人,离开了帐篷,所有的人都在惶惑中拥挤在他的身后。在特尔斐贵族们的环绕中,他高举双手宣布:"神圣的大地啊!你可看见这厄瑞克透斯家的异国的妇人要毒杀我呀!"

"用石头将她打死,用石头将她打死!"众人都异口同声地开始叫嚷,并跟随伊翁前去寻找克瑞乌萨。克苏托斯被眼前发生的可怕的揭发弄得昏头昏脑,不知自己该如何去做,也只好随着其余的人走去。

克瑞乌萨正在阿波罗的神坛等待她那阴谋的结果。但结果正和她预料的相反。远处扰攘的声音让她从沉思中站起身来。喧叫声逐渐逼近,一个比她的丈夫更忠实于她的侍者从暴怒的人群中抢先跑来,将她的阴谋已被发觉和特尔斐的人民决心要杀害她的事告知于她。"紧靠着神坛吧,"她的女仆们再三对她进行劝告,"假使这个神圣的地方不能把你从凶手们的手里解救,那么至少让他们所犯的罪恶无法得到救赎。"

同时,暴怒的特尔斐人在伊翁的率领下越来越近,在快到达庙门之前,她已听到随风传来的那个青年愤怒的言语。"神保佑我!"他叫道,"因为这个还没有实现阴谋原本是要使我摆脱那个满怀敌意的继母。她此刻身在何处?这长着毒牙的蝮蛇,这两眼闪烁着死亡火焰的毒蛇在哪里?让我们将这邪恶的女人从最高的悬崖上扔下去吧!"拥挤在他周围的群众都欢呼着响应他。

当他们来到神坛前时,伊翁就将这个女人抓住,这个女人正是他的母亲,但对于他而言,这个女人就如同是他的死敌一样。他想将其拖离那作为屏障的神坛,但阿波罗不愿一个儿子杀害他自己的母亲。他的神谕将克瑞乌萨所策划的阴谋和对她应有的责罚暗示给他的女祭司,让她的心灵瞬间变得颖悟,所以她突然明白了一切将要发生的事情,并知道她的养子伊翁正是阿波罗和克瑞乌萨所生的儿子,而非她自己在隐晦的预言中所宣示的克苏托斯的儿子。她马上离开三角神坛，取出以前她在神庙门口找到的并在其中发现新生儿的那只篮子，以及她小心谨慎保存着的信物。她拿着这些东西，急忙来到伊翁正在和克瑞乌萨争吵着的神坛。伊翁看到这位女祭司，即刻放开双手，敬谨地向她走来。"欢迎你，我亲爱的母亲，"他说，"虽然你不是我的生母，但我仍然这样称呼你。你知道我刚刚逃脱了一场恶毒的阴谋吗？当我刚刚得到一个父亲时，我那凶恶的继母就计划着要将我毒死。现在请告诉我该如何做吧，我一定会服从你的命令。"

女祭司将一根手指举起并警告他说："伊翁，保持你的双手净洁，出发到雅典去吧。"

伊翁沉思一会儿，反驳道："杀死仇敌的人是不算有血污的！"

"在我的话讲完之前，不要杀死她，"女祭司威严地说，"你难道没看见我手中提着的这只篮子吗？难道你没看见在陈旧的枝条上有我所缠绕的新的花环吗？你过去就是被遗弃在这只篮子里面，是我从中将你取出并抚育了你。"

伊翁吃惊地望着她。"母亲，这事你为什么从来没有告诉过我，"他说，"你为什么将这秘密保持得这样长久呢？"

"因为神祇要你在长久的岁月中侍奉他——你的父亲，并让你到雅典去。"

"但这只篮子对我又有何用呢？"伊翁问道。

"那里面有曾经包裹过你的麻布，我亲爱的孩子。"女祭司说。

"麻布吗？"伊翁叫了起来，"那是一种信物，它可以引导我找到生母呀！"

女祭司把篮子交给他，他很开心地把手伸进去取出那块折叠着的麻布。当他含泪的双眼看着这宝贵的纪念物时，克瑞乌萨已渐渐地恢复了平静。一看到这只篮子，她马上明白了全部的真相。她从神坛上冲下来，快乐地叫了一声"我的爱儿呀"，就将伊翁紧紧抱在了自己的怀里。

伊翁带着新的疑虑想要挣脱她的拥抱，认为这只不过是另外一种阴谋。但克瑞乌萨随即放开他，后退一步说："这麻布将证明我的话。快将这麻布打开。你会发现能证明我所说的话的信物。上面的刺绣，是多年以前当我还是少女的时候自己绣的，在当中你能够发现周围缠绕着毒蛇的戈耳工的头，如同在雅典娜的盾牌上所看见的那样。"

伊翁带着迟疑将麻布打开，突然欢喜地叫了起来："啊，全能的宙斯呀，这是墨杜萨，而这便是那些毒蛇呀！"

"还不仅如此，"克瑞乌萨说，"那里面一定还有一条由许多小龙连成的项链，它是用黄金铸造的，用来纪念那两条看守厄里克托尼俄斯的箱子的巨龙。"

伊翁在篮子里面仔细找寻，面带微笑地将项链取出。

"而最后的信物，"克瑞乌萨说，"是我亲自戴在我刚出生的儿子头上的永不凋零的橄榄叶的花环，那是从雅典的第一株橄榄树上采摘下来的。"

伊翁把手伸向篮底，取出那个翠绿新鲜的用橄榄叶编成的花环。"母亲，母亲呀！"他在哽咽中哭泣起来，并紧紧拥抱着克瑞乌萨，不住地亲吻着她的面颊。最后他松开手，向她打听克苏托斯的情况。于是，克瑞乌萨将他的出生的秘密告诉了他，说他即是他在神庙中虔诚地侍奉了这么多年的阿波罗神的儿子。现在，他明白了克瑞乌萨的误会和过去那些事情的秘密，高兴地原谅了她和她那些不为人知的图谋。克苏托斯也拥抱了伊翁，把他当作自己的义子和一种神赐的礼物来对待。三人都前往神庙中感谢阿波罗的神恩。女祭司端坐在三角神坛上，预言伊翁将会成为一个光荣种族的祖先，为了纪念他，这个种族将被称为爱奥尼亚人。对于克苏托斯，她预言克瑞乌萨将会为他生一个儿子，即多洛斯，他将会成为世界知名的多利安人的祖先。满怀着希望和喜悦，克瑞乌萨和克苏托斯带着失散多年的儿子走出神庙前往雅典，而且受到了所有特尔斐人民的夹道欢送。

人物简介：

克瑞乌萨：她是厄瑞克透斯的女儿，与阿波罗生下了伊翁。

厄瑞克透斯：他是雅典的国王，为潘狄翁和宙克西佩的长子。

克苏托斯：他是克瑞乌萨的丈夫，也是埃俄罗斯的兄弟。

厄里克托尼俄斯：他是赫菲斯托斯与盖娅的儿子。

伊翁：他是阿波罗和克瑞乌萨所生的儿子，但是在出生后由特尔斐的女祭司在阿波罗神庙中抚养长大。

品读赏析

本文讲述了一对失散多年的母子历经种种磨难,最终相认的感人故事。当伊翁得知克瑞乌萨是自己的亲生母亲的那一刻,他忘记了之前对她的种种不满与埋怨,他原谅了她的所有罪过。可以看得出,不管是人的世界还是神的世界,亲情都是最伟大、最无私的。

拓展延伸

橄榄枝的象征意义

据《创世记》中记载:上帝为了惩罚人类,连降了40天的大雨,大地上一片汪洋,唯一存活的生物只有挪亚方舟里的人和动物。大雨停后,挪亚把一只鸽子放出去探测消息。鸽子飞回来时,嘴里叼着一根翠绿的橄榄枝,这证明洪水已经退了。后来,人们将鸽子和橄榄枝作为和平的象征。

代达罗斯和伊卡洛斯

雅典的代达罗斯是厄瑞克透斯的曾孙,是厄瑞克提得斯家族的一员。他是雕刻家和建筑家,他也是那个时代最伟大的艺术家。他创作的作品被世界各国人民所赞美,看过他雕刻的雕像的人都认为它们是动的、活的、能看见东西的,人们说那不仅仅是雕像,而是仿佛有了生命一般。因为以前的那些大师,只是让雕像闭着眼睛,双手毫无生气地下垂着,但代达罗斯却破天荒地让他的大理石雕像睁开眼睛、伸开双手,并迈开两脚仿佛走路一般。但这个让人赞叹的艺术家却自负而善妒——正如他所拥有的天生的才华一样,这些天生的缺陷诱使他做了坏事,且让他陷于悲惨之中。

塔罗斯是代达罗斯的姐姐的儿子。他跟代达罗斯学习雕刻技术,而且他的才能比他的舅舅还高。当他还是小孩子时,他便发明了陶工辘轳,并由于对一种自然的事物进行模仿而成为大家所惊叹的锯子的发明者。因为有一次他杀死了一条蛇后,发现可以用它的腭骨将一块薄木片切割开。于是,他立即在金属片上刻下一列锯齿,制成一种比蛇腭骨更锐利的东西。他又为金属片连接两根金属横档,将其固定后再进行转动,便制成最初的旋转车床。他还设计出其他的用具,而这一切都是在没有他舅舅的帮助下完成的。他这样出名,以至于代达罗斯开始害怕这个学生会超过他。由于满怀着忌妒,他偷偷将这个孩子杀害了,把塔罗斯从雅典的卫城上扔下去。有人看见他正在为被他杀死的孩子挖掘坟墓,虽然他谎称埋掉的只是一条毒蛇,他仍被指控犯有谋杀罪,阿瑞俄帕戈斯法庭宣判他有罪。

但他逃脱了法律的制裁，独自流亡到阿提刻。后来，他又逃往克里特。在那里，国王米诺斯对他进行了保护，将他奉为上宾并称他是一名杰出的艺术家。他让代达罗斯给牛首人身的恶怪米诺陶洛斯建造一所住宅。这名艺术家绞尽脑汁建造了一所迷宫，其中的布局迂回曲折，使进入里面的任何人都会被迷惑得晕头转向。

无数的柱子盘绕在一起，如同佛律癸亚的迈安德洛斯河的那些迂回的河水一样，像是在倒流，又仿佛折回到它的源头。当迷宫被建造完成以后，就连代达罗斯自己也几乎在迷宫中找不到出口。在迷宫当中居住的米诺陶洛斯，每三年便要吞食七个童男七个童女，这些童男童女都是根据古老的规定，由雅典进贡给克里特王的。

即使享受着无尽的赞美和丰厚的待遇，代达罗斯也渐渐觉得他是长久被故乡放逐流落在孤岛，且因为不被米诺斯信任，所以他想方设法逃离此地。在长时间的思考之后，他欢快地叫道："尽管让米诺斯从海上陆上封锁我吧，但我还有天空呀！即使他有伟大的权力，但他在空中对我也是无能为力的，我将从空中逃离！"

他随即就开始行动。代达罗斯充分发挥他的想象力来驾驭自然。他把鸟羽按照一定的次序排列，最开始是最短的，其次是长的，依次而下如同自然生长的一般，接着再用麻线将它们扎紧，在末端则用蜡黏合，最后他把它们弯成弧形，看起来完全和鸟翼一样。

代达罗斯有一个儿子叫伊卡洛斯。这孩子看着他的父亲忙于工作，也热心地加入进来。他不时伸手去按住那些被风吹动的羽毛，有时用食指与大拇指去揉捏那些黄色的蜡。代达罗斯任其所为并看着这孩子笨拙的动作发

● 阅读点睛

迂回曲折：迂回：回旋，环绕。弯弯曲曲，绕来绕去。常比喻事物发展的曲折性。

● 读书笔记

阅读点睛

"身体轻便得如同鸟雀一般。"此句为比喻句,把代达罗斯比作鸟雀。

阅读点睛

"然后,他用双手拥抱了这个孩子,并亲吻他——这将是最后的一次。"此句中破折号起到强调的作用,为下文的不幸埋下了伏笔。

笑。当一切都已经完成,他将这羽翼束在身上,取得平衡后飞到空中,身体轻便得如同鸟雀一般。他降落到地上之后又对他的儿子伊卡洛斯进行训练,他已经为他制造了一对比较小的羽翼。"亲爱的孩子,你记住要永远在中间飞行,"他说,"如果飞得太低,身上的羽翼会被海水浸湿,你就会跌落在大海中。如果你飞得太高,你的羽翼会因接近太阳而着火。所以要飞在太阳与大海的中间,并紧紧跟在我的身后。"他一面教儿子,一面将羽翼绑在儿子的双肩上。但老人的手指此刻正在战栗,忧伤的眼泪从眼中滑落。然后,他用双手拥抱了这个孩子,并亲吻他——这将是最后的一次。

现在两人都借助羽翼飞上天空。父亲在前头飞,像一只带领着初次离巢的幼雏的老鸟。他小心而机敏地扇动着他的羽翼,让他的孩子也跟着模仿,并不时回头看他的儿子跟随得怎么样。起初一切都十分顺利。他们飞过左边的萨摩斯岛,又掠过得帕洛斯和罗斯。他们看见身下的海岸都向后退去并且消失。这时由于飞行轻便,伊卡洛斯变得更加大胆,他越出了父亲的航线,带着青年人的勇气向高空飞去。但可怕的责罚很快降临。强烈的阳光很快便熔解了黏合着羽毛的蜡。伊卡洛斯还没来得及发觉,他的羽翼便已经分解,并开始从双肩上飘落。这不幸的孩子企图用两只手臂飞行,但根本不能飞起,他便从空中跌落下来。他正想向他的父亲求援,但还来不及张嘴,澄碧的海浪已将他吞没,这件事瞬间便已结束。代达罗斯回过头来——如同他平常所做的,但他看不见儿子的身影。"伊卡洛斯,伊卡洛斯呀!"他在空中不停地叫唤着。

"在空中,我在什么地方能够找到你呢?"最后他担忧起来,用眼睛向下进行搜寻,他发现了漂浮在水上的羽毛。他降下来，把他的羽翼放在一边，伤心地在海岸上走来走去，直到海浪将孩子的尸体冲到沙滩上。现在，谋害塔罗斯的恶行受到了惩罚。怀着内心的悲痛，代达罗斯继续飞往西西里。这岛上的统治者是科卡罗斯国王，他像克里特的米诺斯一样殷勤地接待了代达罗斯。这名艺术家的工作让这里的人民既惊奇又欢喜。多少年后，那地方的名胜之一仍是他所建造的人工湖，从那里有一条宽阔的河流一直通往附近的大海。代达罗斯在高岩上一块长着很少植被且陡峻得无法进攻的地方，建起了一座城堡，通到那里的羊肠小道是如此窄小弯曲，只需三四个人就完全能够把守。科卡罗斯国王选择这不易攻破的要塞来存放他的珍宝。代达罗斯在西西里岛上完成的第三件工程乃是一个深幽的地洞。在那里，他采用一种巧妙的设计来引导地热，所以通常湿冷的岩洞现在却变得如同暖室一样舒适，人体虽然会渐渐地出汗，但并不会觉得太热。他也将厄律克斯半岛上的阿佛洛狄忒的神庙进行了扩充，并将一个黄金的蜂房献给这位女神，这个六角形的小蜂房制造得如此精巧，看起来就像是蜜蜂们自己筑成的一样。

米诺斯王知道代达罗斯逃亡到西西里岛，决定派一队人来追捕他。他装备好一支大舰队，从克里特航行到阿格里真托。他的军队登上西西里岛，并派遣使者告知科卡罗斯，要求他归还这个逃亡者。科卡罗斯被这异国暴君的要求所激怒，他开始思量应该如何才能毁灭这个暴君。科卡罗斯假装同意米诺斯的要求，并请米诺斯前来商量。米诺斯到来后受到了盛情款待。他们准备好热水浴来帮他恢复长途跋涉的疲劳。但当他进入浴缸之后，科卡罗斯便命人加大火力，直到将米诺斯煮死在滚水里。西西里王把他的尸体交还给克里特人，并解释说米诺斯王是在沐浴时不慎失足落入热水之中身亡的。因此，他的随从用一场盛大的葬礼埋葬了米诺斯于阿格里真托的附近，并在他的墓旁盖起一座阿佛洛狄忒的神庙。

代达罗斯依然留在西西里岛，享受着当地主人对他的礼遇。他请来许多著名的艺术大师，并成为那里一个雕刻学校的创办人。但自从他的儿子伊卡洛斯死后，他一天也没有感到过快乐。他的劳动让庇护他的地方变得庄严灿烂，他自己却步入了烦恼忧伤的晚年。他死于西西里，并被安葬在那里。

人物简介：

代达罗斯：他是伊卡洛斯的父亲，以擅长各种工艺技巧闻名于世。

塔罗斯：他是代达罗斯的外甥，代达罗斯忌妒他的才艺，将其杀死。

米诺陶洛斯：它是住在克里特岛的一个牛首人身的怪物，为帕西淮与一公牛所生。代达罗斯曾为它修建迷宫。

伊卡洛斯：他是代达罗斯的儿子，在和其父逃离克里特岛时，由于离太阳太近，坠海身亡。

科卡罗斯：他是西西里的国王。

品读赏析

希腊神话的主题之一是惩罚，无论是谁犯了错误，都要付出代价。代达罗斯因忌妒而杀害了塔罗斯，这样残忍的行为令人惊愕。此后，他的命运也发生了转变。他带着儿子逃亡，但不幸的是儿子坠海身亡了。此后，他一天也没有快乐过。这就是神对代达罗斯的惩罚。

拓展延伸

代达罗斯计划

代达罗斯计划是英国星际学会在1973—1978年之间倡导的研究计划，该计划考虑使用无人太空船对另一个恒星系统进行快速探测。理论建议使用聚变火箭在50年内，即在一个人的有生之年内可以抵达另一颗恒星，巴纳德星被选择为其中一个主要的目标。而该计划的名称就来自希腊神话中修建米诺陶洛斯迷宫的伟大建筑家——代达罗斯。

情节档案

起　因：代达罗斯是著名的雕刻家和建筑家，但是他自负又善妒，这样的性格致使他做了很多坏事。其中之一就是杀害了姐姐的儿子塔罗斯，原因竟是代达罗斯担心塔罗斯会比自己更优秀。

经　过：代达罗斯的恶行被发现了，阿瑞俄帕戈斯法庭宣判他有罪。为了逃脱法律的制裁，他四处流亡，过着居无定所的生活。后来，他来到了克里特，并为怪兽米诺陶洛斯建造了一座迷宫。

高　潮：即便在克里特享受着无尽的赞美和丰厚的待遇，但代达罗斯仍觉得自己流落在孤岛上。他发挥想象力，借助羽翼带着儿子逃离孤岛。不幸的是，儿子在空中跌落，被大海吞噬了。

结　局：代达罗斯降落到西西里，科卡罗斯国王殷勤地接待了他，并保护他不受米诺斯王的迫害。他在这里建造了人工湖、城堡、地洞，还创办了学校，但他一直生活在忧伤中，因为儿子的死始终让他无法释怀。

阿耳戈英雄们的故事

○ 阅读点睛

　　此句神谕的告诫，预示了下文即将出现的人物，起到铺垫作用。

○ 读书笔记

　　克瑞透斯之子埃宋的儿子叫伊阿宋。忒萨利亚海港上的城池和伊奥尔科斯王国都是克瑞透斯所建，他将王位传给他的儿子埃宋，但埃宋却被克瑞透斯的幼子珀利阿斯篡夺了王位。埃宋的儿子伊阿宋只好投奔喀戎。喀戎是一个半人半马的人物，他教育的许多孩子都成了最伟大的英雄。伊阿宋在他那里接受了如何做一个英雄的训练。在珀利阿斯晚年的时候，一种奇异的神谕一直让他苦恼，那神谕告诫他要提防一个只穿着一只鞋子的人。珀利阿斯始终也想不明白神谕的意义。而在这时，接受喀戎教育20年的伊阿宋已偷偷地回到他的故乡伊奥尔科斯，来向珀利阿斯追讨王位的继承权。

　　他很有英雄的风范，手持两根矛：一根用来刺，一根用来投。他的旅行衣上扎着豹皮，长发披在肩上。在路途中，他经过一条宽阔的河，在那里他遇到一个老妇人请他帮忙渡河。这个老妇人便是天后赫拉，是珀利阿斯王的敌人。因为她将自己伪装起来，所以伊阿宋并没有认出她来，并怜悯地用双手高举着她渡过了那条河。在半道上，他的一只鞋子陷在了淤泥里，他就穿着一只鞋来到了伊奥尔科斯的广场上。当时他的叔父珀利阿斯正被群众包围着，他正在那里庄严地祭献海神波塞冬。伊阿宋的高大俊美让人们惊叹，大家都以为这突然出现的人是太阳神阿波罗或战神阿瑞斯。就连正在祭献的国王也注意到这个外乡人，当国王看到这个外乡人只穿着一只鞋子时，顿时惊慌失措。祭神仪式刚结束，他便朝那个青年走去，摆出一副若无其事的样子，询问他的名字和故乡。

尽管伊阿宋语调平和，但仍然无所畏惧地回答他是埃宋的儿子，在喀戎的山洞里被养育长大，这次是来访问父亲的旧居。狡黠的珀利阿斯默默地听着，并没有暴露自己内心的惊慌。他派人将他的侄儿带到宫殿中，伊阿宋进去后以渴望和羡慕的目光望着他年少时生活的宫室和殿堂。连续五天，亲属和朋友们设宴庆祝伊阿宋的归来。在第六天时，他离开为宾客们临时搭建的帐篷，来到了珀利阿斯国王面前。伊阿宋温和且礼貌地对珀利阿斯说："啊，国王，你知道，我是王室合法的继承人，你现在所拥有的一切都应该是属于我的。但我仍会将所有的羊群和牛群以及你从我父母那里夺得的土地留给你。因为我什么也不想要，只想要回属于我父亲的王位和王杖。"

珀利阿斯在心里飞快地盘算着，恳切地答道："我愿意满足你的要求，但你必须答应我的要求，并帮我做件事。你们年轻人都能胜任的，但我太老了，没有这个力量了。很长一段时间，佛里克索斯为了让我使他的灵魂平静，要我旅行到科尔喀斯的埃厄忒斯国王那里去，取得金羊毛。请你帮我去完成这一光荣的使命，当你载誉而归时，我将把王位和王杖都交还给你。"

金羊毛的故事是这样的：彼俄提亚国王阿塔玛斯的儿子佛里克索斯受到他的父亲的新欢——他的后母伊诺

> **阅读点睛**
>
> 惊慌失措：吓得慌了手脚，不知如何是好。失措：举动失去常态。措：方法，办法。

> **阅读点睛**
>
> 此句引出全文的中心故事，起到了承上启下的作用。

● 读书笔记

● 阅读点睛

此句揭示了金羊毛的重要性，起到解释说明的作用。

的虐待。在他的生母涅斐勒和他的姐姐赫勒的帮助下他被解救了出来。涅斐勒让两个孩子骑在有翼的公羊(这只公羊的毛是纯金的,是涅斐勒从神祇赫耳墨斯那里得到的赠品)背上,腾空飞行,经过无数的海洋和陆地。后来赫勒在回头时不幸坠海身亡,那地方遂以她的名字命名,被称为赫勒海或赫勒斯蓬托斯。而佛里克索斯则安全地到达了黑海沿岸的科尔喀斯这个地方。他在那里受到了埃厄忒斯国王热情的款待,国王还将自己的一个女儿许配给了他。佛里克索斯宰杀公羊祭献给宙斯,因为这只公羊曾庇护他逃离危险。他又将金羊毛赠送给埃厄忒斯国王。埃厄忒斯又将金羊毛转献给战神阿瑞斯,阿瑞斯将金羊毛钉在别人献给他的树林其中的一棵树上,并派毒龙看守着。因为他曾得到神谕的劝诫,说他的性命与这金羊毛息息相关,保住金羊毛才能保住性命。

所有人都将这金羊毛视为无价之宝,希腊关于金羊毛的传说也流传已久,许多王子和英雄都希望得到它。所以珀利阿斯便利用他关于金羊毛的梦来鼓动他的侄儿伊阿宋,因为他知道伊阿宋会非常愿意去的。伊阿宋并不知道他叔父的这一计策是要他死于这次冒险,便痛快地答应完成这次冒险。

很多希腊著名的英雄都受邀参加这次英勇的盛举。在珀利翁山下,雅典娜指导希腊最优秀的造船者,用不会被海水腐蚀的木料造成一艘结实的大船。这艘船可容纳50个桨手,并以造船者阿耳戈斯的名字命名为"阿耳戈号"。这是希腊首只敢于行驶在大海上的船。这艘船的船首所用的木料取材于多多那的神异橡树,是女神雅典娜赠送的。船的两侧以极其华丽的雕刻做装饰。不仅如此,这艘船也非常轻,英雄们可以用肩扛着行走12天。

大船完全造好后，英雄们聚拢起来，用抓阄儿的方法来认定在船上的位置。伊阿宋担任探险总队的指挥，堤丢斯担任掌舵，林叩斯为领港人。船首坐着威严的赫拉克勒斯，船尾则是大埃阿斯的父亲忒拉蒙和阿喀琉斯的父亲珀琉斯。其余的水手中有涅斯托尔的父亲涅琉斯，宙斯的两个儿子波吕丢刻斯和卡斯托耳，曾经杀死卡吕冬野猪的墨勒阿革洛斯，忠贞的阿尔刻提斯的丈夫阿德墨托斯，很会唱美妙歌曲的歌手俄耳甫斯，后来做了雅典国王的忒修斯和他的朋友珀里托俄斯，帕特洛克罗斯的父亲墨诺提俄斯，赫拉克勒斯年轻的朋友许拉斯，小埃阿斯的父亲俄琉斯以及波塞冬的儿子欧斐摩斯，等等。伊阿宋将他的船献给波塞冬，而在出发以前，英雄们全都向波塞冬和海上的众多其他神祇献祭并祈祷。

所有人都就位后，他们就起锚开船了。50位英雄一同摇桨前进，50支桨共同出入海面，发出和谐的声响，不久伊奥尔科斯港已被远远地抛在了后面。俄耳甫斯兴奋地弹着竖琴唱着动听的歌曲，以此给英雄们鼓劲。他们驶过无数岛屿和海角。第二天的一阵暴风雨将他们吹送到楞诺斯岛的港岸。

仅仅一年以前，楞诺斯岛上的妇人们将她们的丈夫全部杀死。这岛上所有的男子都被杀光了，因为他们曾从色雷斯带来许多宠姬，爱神激起他们妻子的忌妒和愤怒。只有许普西皮勒将她的父亲托阿斯国王救了出来，并将他藏在箱子里投掷到大海上。在那之后，楞诺斯岛的妇人们便害怕受到她们情敌的亲属们的袭击，因此对海上戒备森严。当她们看见"阿耳戈号"靠近海岸时，便全副武装，冲出城门，如同亚马孙女人国的军队一样拥到海岸上。希腊英雄们看到海岸上全副武装的都是妇人，竟没有一个男人时都感到非常惊奇。于是，他们让一个使者乘小船到岸上去看一看。他被带去见她们未婚的女王许普西皮勒，使者将阿耳戈英雄们的要求礼貌地传达给她，希望女王能让他们在此地暂住一下。女王将女人们召集到城中的闹市，自己则坐在她父亲的大理石宝座上。年老的保姆站在她的旁边，美丽的金发女郎坐在她的两边。她向群众报告阿耳戈英雄们和平的要求，她站起来说："我最亲爱的姐妹们，我们在暴怒中消灭了我们的男人，我们已做出一件重大的错事。我们不应再拒绝那些希望与我们做朋友的人，所以我的建议是要将食品和酒及其他外乡人所需要的东西送到他们的船上去,这样既不失礼又能保证我们的安全。"

女王坐下后,年老的保姆艰难地抬起她那垂下的头说:"仅仅竭尽全力礼遇外乡人是不够的,一旦色雷斯人来了怎么办?即便会有慈祥的神祇将他们挡住,难道这样你们就安全了吗?像我这样的老妇人可以不必担心,因为在困难来临以及物资耗尽以前,我们就会死掉。但你们年轻人怎么办呢?难道牛群可以自己负着轭在地里耕田吗?当夏天过去以后,它们是不是可以替你们收获呢?就连你们自己都不甘心做这种繁重的工作!我劝你们不要将送上门来的你们正需要的保护者就这样放走。将你们的财富和土地交给这些尊贵的外乡人,让他们和你们一起来建设你们的美丽的城市吧!"

楞诺斯的妇人都赞同这劝告。于是,女王派了一个坐在她身旁的女郎随使者去船上报告她们的大会所做的决定,英雄们听后都非常高兴。他们没有丝毫怀疑,因为他们都以为许普西皮勒是在她父亲死后继承王位的。伊阿宋肩上披着雅典娜赠予的紫色斗篷大踏步向城中走去,辉煌如星辰。他刚走进城门,人们欢呼着拥出来欢迎他,且对这位客人颇感满意。可他由于礼貌和高贵的出身只是两眼看着地,快步走向宫殿。女仆为他敞开大门,他被去过船里的那位年轻女郎领到女王的住处。在这里,他坐在一把华丽的椅子上和她面对面坐着。许普西皮勒眼睛低垂,面颊上泛着红晕。她恭敬且略带羞涩地说:"外乡人,你们为什么不进我们的城市呢?这城市里没有能使你们惧怕的男子。我们的丈夫失信于我们,和他们在战争中劫掠来的色雷斯妇人们移居到她们的故乡去了,他们还带走了他们的儿子和男仆,将我们抛弃在这里。所以如果你愿意,就来做我们的人民吧。不仅如此,你还可以代替我的父亲托阿斯来管理我们和你的男人们。你们一定会喜欢这个地方的,它是这一带海洋上最富足的岛屿。现在只来了你一个人,所以请将我的提议告诉你的同伴们吧。"

她谈话的内容就是这样,丝毫没提男人被杀的事情。伊阿宋回答:"啊,女王,我们非常感谢在我们困难时你们所给的帮助。我现在就回去把你的提议告诉我的同伴们,然后立刻回到城里来。但请你保留你的岛屿和王杖吧!我并不是拒绝它,而是因为危险和战争正在遥远的地方等着我。"

女王和他道别,他又回到了海边。妇女们用快车载着许多的礼品跟在他后面，因为要是她们现在劝说那些听过伊阿宋报告的英雄进城去和她们同住是十分容易的。伊阿宋住在宫里，而其他人则各家分开住。唯独赫拉克勒斯讨厌与妇人在一起，便和几个同伴留在船上。饮宴和跳舞的人群充斥着整个城市。主人和宾客都在敬奉这个岛屿的保护神赫菲斯托斯和他的妻子阿佛洛狄忒，献祭的烟直升到天上。行期被一天天地向后推。如果不是赫拉克勒斯从船上下来，瞒着妇人们把他们召集起来，城里的英雄们似乎真要与他们美丽的情人们从此一起生活了。

"你们这些坏蛋！"他训斥他们，"在故乡时你们不是都有妻室吗？难道你们是为了妻室到这里来的？你们心甘情愿像农民一样耕作楞诺斯的田地吗？神祇会替我们拿到金羊毛放在我们脚边吗？没错，我们各自回乡会更好。让伊阿宋与许普西皮勒结婚，在楞诺斯岛生儿育女，从此听任别的英雄建立功勋吧！"

所有的人都不敢抬眼来看他或反对他。他们准备告别楞诺斯人出发时，他们的意图被楞诺斯的妇人们猜到了，妇人们准备用祈求和悲诉留住他们，场面如同蜂群嗡嚷一样。她们最终还是没能动摇他们的决心。许普西皮勒握着伊阿宋的手说："去吧，愿神祇给你和你的同伴们所希望得到的金羊毛！如果你还愿意回来，这岛和我父亲的王杖永远等待着你。可我知道你们是不准备回来的。当你去到远方时，希望你能够想到我。"

伊阿宋心怀对女王美善的赞美之情离开了。他最先回到船上，其他人也随后归来。他们解开缆绳，摇起大桨，不久就将楞诺斯岛远远地抛在后面。

色雷斯吹来的风将船吹向佛律癸亚的海岸，在那里生活着巨人们，他们高大且有野性，与和平的多利俄涅人共同生活在库最科斯国王的岛上。这里的巨人们都长着六只手臂：宽肩上各生一臂，前后胸又各生两臂。多利俄涅人是海神的子孙，受着海神保护，这使他们免受邻人的侵犯，虔诚的库最科斯是他们的国王。当岛上得知这条船和船上英雄们的消息后，库最科斯和岛上的居民都出来迎接并盛情款待他们，还允许他们将船停在城里的海港。在很久之前就有神谕告诫库最科斯国王要善待神异的英雄们，尤其不能和他们发生冲突。所以他用葡萄酒款待他们，并宰杀了许多牲口。库最科斯还是一个青年，刚长出胡子不久，他新婚不久的年轻妻子，正在宫殿里等待着他。由于对神谕的服从，他才留下来与宾客们举行宴会。英雄告诉他此行的目的,他也将英雄们该走的路线告知给他们。

英雄们继续前进,到了奇奥斯城前的海湾。赫拉克勒斯因为寻找被泉中仙女拉走的仆人许拉斯而与同伴失散了,直到第二天众人航行了一段时间后才发现。在众人打算回去寻找时,河神格劳克斯出来告知英雄们,赫拉克勒斯另有一番英雄事业将要完成,于是伊阿宋带领剩余的英雄们继续前进了。

经过漫长的航行,英雄们终于到达了目的地——法细斯河的河口。他们敏捷地爬上桅杆,卸下绳索,然后从宽广的河面摇桨逆流而上,河水在巨大的船舶面前仿佛像在倒退一样。船的左边是高耸的高加索山和科尔喀斯的都城库塔,右边则是阿瑞斯的圣林和广阔的草原。金羊毛就悬挂在那里最高的橡树上,被一条日夜不睡、目光犀利的毒龙看守着。伊阿宋高举着盛满葡萄酒的金杯向船边走了几步,将酒洒在地上,对大地母亲和河川祭奠,祭奠这个国家的神祇以及所有在途中死去的英雄。他恳求所有的神祇给予他们慈爱的援助,并帮他们照看系船的缆绳,因为他们现在就要停泊在这里了。

"我们现在平安地来到了科尔喀斯,"掌舵者说,"但我们究竟是有礼貌地去见埃厄忒斯,还是用别的办法来达到我们的目的,还不能确定。"

"还是明天再说吧!"英雄们都叫起来。于是,伊阿宋下令在阴凉的港湾里下锚,然后他们一个个地睡熟了。但没过多久,他们就被黎明的阳光照醒。

第二天一大早,英雄们就开始讨论。伊阿宋首先站出来说:"我尊贵的同伴们,你们最好听从我的劝告,手持武器留在船上,而我将和佛里克索斯的四个儿子以及你们中的两人去埃厄忒斯王的宫殿。我首先会很有礼貌地谒见他,婉言劝他将金羊毛送给我们。我认为倚仗着他的权力,他肯定会拒绝我的要求。即使如此我们也有收获,因为我们可以从他那里知道我们应该怎样做。谁能确定我们的话语不会使他高兴呢?好比上一次他接待并帮助从后母那里逃脱的佛里克索斯,那不正是语言的力量吗?"

年轻的英雄们赞同伊阿宋的计划。于是,他持杖和佛里克索斯的儿子们及同伴奥革阿斯、忒拉蒙离开了船。他们进入种满柳树的田野,那是著名的喀耳刻田野。他们在那里看到许多用链子吊着的尸体,很是恐怖。庆幸的是,这不是罪犯也不是被谋害的外乡人。科尔喀斯的风俗是将死去的男人用生牛皮包裹着吊在离城很远的树上，让肉体被风吹干。因为他们认为火葬对人是亵渎的，但为了让泥土有所得，他们会将妇女入土埋葬。

　　科尔喀斯的居民很多，为了使伊阿宋和他的同伴们不引起居民和埃厄忒斯王的怀疑，阿耳戈英雄们的保护神降下一层云雾遮蔽住整个城市，云雾直到阿耳戈英雄们到达宫殿才消散。英雄们在宫殿外停下来，看到厚厚的宫墙、高大的宫门和巨大的柱子都吃惊不已。凸出的石头墙围着整个建筑，墙上有一排三角形的缺口。他们默默地穿过前院的门口，看到广阔的亭子上面长满了葡萄藤。还有四股喷泉，一股涌出牛奶，一股涌出芳香的清油，一股涌出葡萄酒，一股则涌出冬暖夏凉的泉水，这是火神赫菲斯托斯为国王精心设计的。他还制造了口中喷火的青铜神牛和坚固的铁犁。埃厄忒斯的父亲太阳神曾在一次同巨人的战斗中救出了赫菲斯托斯，让他乘坐太阳车逃跑，赫菲斯托斯非常感激，便以这些神奇的设计来答谢太阳神的恩情。

　　他们从前院来到中院的走廊，这走廊分居两侧，通向各个宫室和林荫。与此相对的是宫殿的两翼，埃厄忒斯自己住一边，他的儿子阿布绪耳托斯住另一边。国王的两个女儿卡尔喀俄珀和美狄亚的仆人们则住在其余的房子里，幼女美狄亚很难被见到，因为她是地狱女神赫卡忒的神庙的女祭司，她的时光几乎都是在神庙里度过的。就在她要到姐姐的宫室里去的时候，她突然看见了希腊的英雄们。她就高声喊着，卡尔喀俄珀和所有侍女都因她的喊声跑了出来。卡尔喀俄珀也高兴地失声呼喊，并双手高举感谢上天，因为她认出其中四位年轻英雄正是自己的儿子。四位英雄将他们的母亲紧紧地拥抱，五个人因再次团聚又哭又笑。

　　埃厄忒斯和他的妻子听到又哭又笑的声音，感到非常好奇，也都走了出来。整个前院立刻欢腾了起来。一些奴隶为新来的宾客宰杀牡牛，另一些奴隶劈柴生火，还有一部分奴隶用大鼎烧水，所有人都在为国王服役，而没有人看见爱神厄洛斯在空中飞翔。厄洛斯从箭袋中抽出一支苦痛的箭后降落到地上，蹲在伊阿宋后面，拉弓射中了美狄亚。箭在空中飞过时没有任何人注意到，甚至连美狄亚自己也没发现，但这一箭却在她的心中如火焰一般熊熊燃烧。她不时深深地吸气,仿佛心痛的人一般,然后又偷看英俊且神采奕奕的伊阿宋。她无法再想到别的事,心中被甜蜜的苦痛占据着,脸上一阵白又一阵红。

在这快乐的迷惘中,她的心事没被任何人注意到。仆人们端上食物,阿耳戈英雄们沐浴更衣后便坐下来享受美味的食物。埃厄忒斯国王的外孙在饮宴中讲述他们将遭到的不幸,然后国王低声询问这些外乡人的情况。

"外祖父,我并不隐瞒你,"阿耳戈斯低声说,"这些人来这里是向你索要我父亲佛里克索斯的金羊毛的。一个国王设计骗取了他们的财产,还将他们逐出自己的王国,又派遣他们来进行如此冒险的探索,希望他们无法逃脱宙斯的震怒和佛里克索斯的复仇。他们在雅典娜的帮助下所建造的船,不同于科尔喀斯人平时所用的船。我来告诉你,我们——你的外孙的船,完全可以在一阵风来了就破成碎片。可是这些外乡人的船如此结实坚固,完全可以抵抗暴风雨,而且还能够自己不断地摇桨。这船上集合了全希腊的英雄们。"他随后又告诉埃厄忒斯他们中最高贵者的名字以及伊阿宋的家世。

国王听了这些话后,内心除了恐惧,还十分恨他的外孙们。他认为是他们将这些外乡人引到他的宫殿里来的,他浓眉下透出愤怒的目光。他高喊说:"滚开!你们这群渎神者和骗子!你们不是来取金羊毛的,而是要夺取我的王杖和王位!如果你们不是我的宾客,我真的要割掉你们的舌头,将你们的双手剁掉,只给你们留下两条狗腿跑回去。"大埃阿斯的父亲忒拉蒙与国王坐得最近,听了这些话后,立刻从座位上站起来,回骂比埃厄忒斯还激烈的话。但伊阿宋却推开他,温和地回答:"请息怒吧,埃厄忒斯王。我们来到你的城市里,进入你的王宫,不是想要抢劫你。难道有谁愿意在危险的海上经过如此远的航程抢夺别人的财产吗?是命运和一个暴君的命令迫使我下这个决心的,因为你的国家有我所需要的东西!请把金羊毛给我们,所有希腊人都会称赞你!我们会立即报答你的好意。如果你的国家发生战争,或者你想征服邻国的百姓,那么我们将是你的盟友,为你而战斗!"

伊阿宋说着这些要和埃厄忒斯和解的话,埃厄忒斯却在心里盘算着是先将他们杀死,还是先试一试他们的力量。仔细想过之后,似乎第二个方法比较合适,于是他镇定地回答:"外乡人怎么会如此怯懦呢?如果你们是神祇的子孙，或者出身并不比我低下，并且渴望着别人的财产，那么就把金羊毛取去吧。我对勇敢的汉子并不吝啬，可你们必须首先去从事我经常做的一种劳作，而那会是极其危险的。我的两只神牛在阿瑞斯草地上吃草。这两只神牛有着铜蹄和能喷出火焰的鼻孔，它们帮助我耕种贫瘠的田地。土块被掀起后，我在垄沟里种下的不是谷物女神得墨忒耳的黄金谷粒，而是一种毒龙的牙齿。这样做收获的将是人，人们从四面八方向我拥来，而我却用枪矛刺杀他们。这时我就驾驭神牛开始了一天的耕种，夜晚收获后才躺下休息。如果你能在一天之内完成这样的工作，那么你便可以将金羊毛带回去见你们的国王。如果办不到就不能取走金羊毛，因为无能之人应该为能干的人让步，这才是公正的。"

坐在位子上的伊阿宋沉默且犹豫，因为他不敢贸然答应来做这种可怕的劳作。但他鼓足勇气说道："即使因此而死，我也愿意去做。没有比死更坏的了，命运将我送到这里来，我便会服从。"

"那好吧，"国王说，"去告诉你的同伴们吧。但必须注意，你们一定要完成我所说的这项任务，否则就得由我来做，而你们要离开我的国土！"

伊阿宋和与他同来的两个英雄从座位上站起来。佛里克索斯的儿子中只有阿耳戈斯紧随在他的身后，阿耳戈斯则示意他的弟兄们仍然驻守在那里，其余人则离开宫殿。伊阿宋显得庄严俊美，美狄亚的目光注视着他，痴迷地捕捉着他的每一个动作。

当她独自身处内室时，她常常流泪。"为何我会被忧愁攻心呢？"她不断质问自己，"我和这个英雄有什么关系呢？不管他是全部半人半神英雄之中的最藐小者或是最伟大者，如果他命该如此那就让他死去吧，唉，希望他能逃脱毁灭！啊！赫卡忒，尊敬的女神哟，还是让他回家去吧！如果他注定要被神牛打败，至少让他在没有遇见它们之前，知道我对他的恐怖命运的担心。"

美狄亚在自寻苦恼的时候，英雄们则行进在回船的路上。阿耳戈斯对伊阿宋说："你可能不会听从我的劝告，但我还是想要对你说。我知道有一个女子能够调制一种神奇的药剂，这种调制方法是地狱女神赫卡忒传授给她的。如果我们可以争取到她的帮助，我敢肯定你这项工作一定能够胜利完成。如果你同意，我将去试探她，以便获得她的好感。"

"去吧，"伊阿宋说，"我不会阻止你的。但是，如果我们要依靠女人才能回家，那真是件很可悲的事！"

他们一边谈着话，一边来到"阿耳戈号"上。伊阿宋将他所遇到的难题和他许下的诺言告诉了同伴们。听完这些，他的朋友们坐在那里默默无言地互相对望着。最后，珀琉斯站起身来说道："如果你确信能完成自己所允诺的事，那你自己应该做好充分准备。如果你不能完全确信可以获胜，那么，离开吧，也不要希望获得别人的帮助，因为除了死，他们还会有什么其他的结局呢？"

听到这样的话，忒拉蒙和其他四个青年人都跳了起来，他们一想到这将是一种艰难的冒险，浑身就充满了快乐和兴奋。但是阿耳戈斯让他们都安静下来，他说："我认识一个擅长使用魔法的人，她是我母亲的妹妹。让我去拜见我的母亲，劝她为我们争取这个女子来参与我们的计划。只有那时，讨论伊阿宋所应允执行的工作才是有意义的。"

他的话刚一说完，天空便出现了一种预兆。一只被秃鹫追捕的鸽子，钻进了伊阿宋的衣襟里，紧追在后面的秃鹫则落在船尾的甲板上。这时，英雄们中的一个人记起了菲纽斯曾经说过的预言：在他们回去时，阿佛洛狄忒会为他们提供帮助。因此，所有的人，除了阿法柔斯的儿子伊达斯，全都赞成阿耳戈斯的意见。伊达斯暴躁地站起身来说道："天哪，我们来到此地竟是为了成为这个妇人的宠儿吗？我们为何不依靠阿瑞斯呢？难道看到秃鹫和鸽子就能够让我们远离战争吗？好的，那么忘却战争，通过欺骗柔弱的女人来取得无上的光荣吧！"他愤怒地说着，许多英雄都对他表示赞同，并嘟囔着不同意伊阿宋的计划，但伊阿宋仍然决定接受阿耳戈斯的意见。船靠岸停泊，英雄们焦急地等待着他们的使者的归来。

同时，埃厄忒斯王也在宫殿外将科尔喀斯人召集在一起，将外乡人来到的消息宣布出来，并声称如果外乡人的领袖被神牛杀死，他会把一整片树林的

树木伐光来焚烧船舶及杀死所有的水手。他还要替他的外孙们设计出一种可怕的处罚,因为正是他们引导这些冒险者来到他的国土上。当国王正在安排一切时,阿耳戈斯已经找到了他的母亲,并希望她去说服她妹妹对外乡人进行援助。卡尔喀俄珀十分同情这些外乡人,但却不敢触怒她的父亲。现在她的儿子的请求正合她的心意,所以她爽快地答应帮助他们。

美狄亚躺在床上无法安睡,为焦虑的梦境所困扰。她仿佛看见伊阿宋正准备和神牛决斗,只是那并非为金羊毛,而是要使她成为他的妻子并带回到故乡。在她的梦中,伊阿宋将神牛制服,可是她的父母爽约,不履行对伊阿宋的承诺。因为按照约定,应当由伊阿宋而非美狄亚来驾驭神牛。在这一点上,她的父亲和外乡人发生了激烈的争论,双方都推举她作为这场争论的公证人。可是在梦里,她公正的天平却倒向了外乡人一方!她的父母在悲愤和暴怒中大声喊叫,而美狄亚也在此时惊醒过来。

惊醒后产生的一种无法用言语表达的心情使美狄亚准备立刻去找她的姐姐。由于犹豫和羞愧,她在姐姐的门前徘徊了很长时间。她三次走上前去,三次又都退回来,结果只好伏在自己的床榻上啜泣。她的一个忠诚的年轻侍女,发现她在那里悲伤地流泪,很同情她,便马上将这事报告给卡尔喀俄珀。侍女来到卡尔喀俄珀的住所时,她正坐在她的几个儿子中间,讨论着应该如何说服美狄亚。她听完侍女的报告就急忙赶到她的妹妹那里,发现美狄亚正用双手蒙着脸,哽咽着。"亲爱的妹妹,你为何如此伤心?"她十分关切地询问道,"你心里在悲愁些什么?是不是父亲对你辱骂我和我的孩子了?啊,但愿我能永远远离我们的父亲,前往另一个地方,在那里科尔喀斯这个名字,将永远不会被提起!"

美狄亚因为她姐姐的询问而变得面红耳赤,羞愧让她更加沉默。有时话到唇边,又被她咽了回去。最后,爱情终于让她鼓足勇气,她巧妙地说道:"卡尔喀俄珀,我心里感到十分痛苦,为了你的孩子们。我害怕我们的父亲将他们和外乡人一起杀害。一个焦虑的梦对我进行了预示，但我祈祷神祇能够阻止它的实现。"

这话让卡尔喀俄珀大吃一惊。"我到此也正是为了这件事，"她说，"我请求你帮助我们反抗咱们的父亲。如果你拒绝，那么我和那些将被杀害的儿子，即使到了地狱里也会像复仇女神一样出来作祟，让你无法安宁。"她双手抱住美狄亚的双膝，把头埋在她的衣襟上，两姐妹都大哭起来。

最后，美狄亚说："姐姐，为何你要提到复仇女神呢？我敢对着天地发誓，任何能够拯救你的孩子性命的事，只要我能做到的，我都愿意去做。"

"那么好吧，"卡尔喀俄珀进一步说，"为了我的孩子们，请你赠予这些外乡人一些魔药，以便在和神牛的可怕的战斗中保全性命。因为伊阿宋派阿耳戈斯来请求你的帮助。"

美狄亚高兴得快要跳起来，她那可爱的脸上泛着红晕，发光的眼睛也由于晕眩而变得突然黯淡。她急切地表白："卡尔喀俄珀，如果我不把你们的生命看得比我自己还要重要，我便看不见明天的太阳！因为，正像母亲经常对我说的那样，当我还是一个婴儿的时候，难道不是你将我和你的孩子一起哺育的吗？因此，我不但以一种姐妹之情来爱你，而且更以一颗女儿的心来爱你。明天一早我便到赫卡忒的神庙中去，替外乡人取来能够驯服神牛的魔药。"卡尔喀俄珀从妹妹的寝室离开后，将这个值得庆祝的消息告诉了儿子们。

一整夜，美狄亚都在同自己进行着斗争。"我是否许诺得太过分了？"她说，"我应该为一个外乡人做事吗？为了让这个计谋成功，难道我就要和他单独见面并接触吗？是呀！我将拯救他的生命，让他到达他希望去的地方。但他的胜利之日便是我的死期。一根绳子或一杯毒药便能使我解脱。可是恶毒的流言不是要在整个科尔喀斯对我进行攻击吗？他们不会低声毁谤我有辱门庭才以死殉情的吗？"她一面在心里受到这些问题的困扰，一面拿来盛放着致死和还魂药物的小匣。她把小匣放在膝上，揭开盖子正要服毒自尽，突然意识到生命的甜美以及所有的快乐和所有的伙伴。太阳也似乎变得比以前更加美丽。于是美狄亚由于对死亡的恐惧而开始颤抖，她把匣子扔在了地上。这时，伊阿宋的保护神赫拉已经将她的心彻底改变了。她等不到天明就将所许诺的魔药配制好，并要把它带到她正在爱着的英雄那里。阿耳戈斯急忙把这可喜的信息传到船上。天刚破晓，美狄亚便起床打扮：她将因悲愁而披散到面颊上的金黄色头发梳理好，并洗去昨夜的泪痕，然后涂上名贵的香膏。她穿着用弯曲的金钩做纽扣的美丽长袍，罩上雪白的面纱。一切的悲哀都已烟消云散。她蹑手蹑脚走出大厅，并吩咐她的十二个侍女把经常载着她到赫卡忒神庙去的骡车套好。当一切都准备妥当，美狄亚从匣子里取出一种叫作普罗米修斯之油的膏油。谁只要在祈祷地狱女神之后，将这种膏油涂抹在身上，在当天便不会受到火伤或刀伤，并且能够击败任何敌人。这种膏油由一种树根的黑汁炼制而成，这种树根长在高加索山坡的草地上，吸取着从普罗米修斯的肝脏中渗出来的血液。美狄亚自己收集了这种植物的黑汁，把它盛在介壳里，将它视为稀有的万灵魔药收藏起来。

把骡车套好后，两个侍女和美狄亚坐了上去。女主人自己手持鞭子和缰绳，驱车出城。其他的侍女们则步行跟随在车子后面。一路上，人民都恭敬地站在路旁，让国王的公主先通过。当她穿过广阔的田野到达神庙时，她敏捷地跳下车来，巧妙地哄骗随从侍女们说：

"我想我犯下了大错，没有远远避开到我们国家来的外乡人。现在，我的姐姐和她的儿子阿耳戈斯要求我去接受他们的领袖馈赠的礼物，并使用魔法让他不会受到任何伤害。我假装答应，并约他到神庙里来单独见面。他来时，我将接受他馈赠的礼物，最后我们大家把它平分，然而我会给他一种致死的毒药。现在你们马上散去，以免引起他的怀疑，因为我曾经答应他将独自一人来接见他。"

侍女们听到她的计策都十分欢喜。当她们都退到神庙里去的时候，伊阿宋和阿耳戈斯以及他的朋友带着预言家摩普索斯开始出发上路。今天赫拉让伊阿宋变得英俊至极，以至于从来没有一个人甚至神之子孙能够比得上他。她把一切美好的特点都加在伊阿宋的身上。无论何时何地，他的两个同伴在旁边看着他，也惊奇于他的神采——就好像那是一颗天边化为人形的星星一样。同时，美狄亚和侍女们在神庙里焦急地等待他，尽管她们用唱歌来打发时间，但因为她们的女主人心里正想着和她们不同的事，所以没有一支歌能够引起她长久的兴趣。她的眼睛并不看着侍女们,而是渴望地盯着神庙门外的大道。每一个脚步,每一阵微风的响动,都会让她焦急地抬起头来。

时间不长,伊阿宋来到神庙。他是如此高大英俊,就好像海上升起的天狼星一样。美狄亚感觉到自己的心跳动得厉害。突然,眼前的世界变黑了,热血涌到她的面颊上。她的侍女们都不在她的身边。有好一会儿,这个英雄和国王的女儿面对面默默无言地望着。他们仿佛是在山头上扎下了根的两棵彼此挨近的笔直的橡树,周围安静得连一丝风声也没有。但随着一阵暴风雨的到来,枝干上所有的叶子都在颤抖、摇摆。他们两人也是如此,由于受到爱的诱惑,他们突然热情活泼地交谈。

伊阿宋首先打破沉默。"你为什么要害怕我?此刻我独自一人和你在一起,"他问她,"我并不像其他男子那样自负,从来也不会,即使在我自己的家里。别犹豫,问你心中想问的,说你心中想说的话。但是你要记住我们正身处一个神圣的地方,在此地说谎便是对神的亵渎,因此,不要用谎言来欺骗我。我来请求你赠予我你曾许诺的那种神药,迫切的需要让我来到此处请求你的帮助。你可以随便要求你想得到的报酬。你的帮助将免除我那些同伴的母亲与妻子的焦灼和忧虑,她们也许已经在故乡的海岸上悲悼我们了,而你那不朽的名字也将传遍整个希腊。"

这女郎默默地听完他说的话。她低垂着眼皮,嘴角泛起似有似无的微笑。她的心正沉醉在他的赞美之中。她抬头望着他,言语立刻涌到了唇边。她恨不得能马上说出一切心事,但爱情让她的舌头变得笨拙,所以她只是从芬芳的包巾里把小匣子取出。他立刻十分欢喜地从她的手上接过,假使他向她要求得到她的灵魂,她也是愿意给予的,因为厄洛斯已经让伊阿宋的金色头发上燃起爱的火焰,她完全沉迷在它们的气息和光辉之中。她的心里就像玫瑰花上的露珠在骄阳照耀下开始发热一样。两人都低垂着眼睛,然后又互相凝视,在睫毛下闪着爱慕的眼神。过了很长时间,用了最大的努力,她才开始回答:

"外乡人,我将告诉你如何去做。在我的父亲将可怕的毒龙牙齿交给你播种之前,你要独自一人去河中沐浴,然后穿上黑袍,并挖好一个圆形的土坑。你要在坑中堆放柴草,把一只小羊羔杀死后烧成灰烬。接着,你要向赫卡忒献祭,把杯中蜜汁倾洒进坑里后离开火场。不管是听见步履声,还是听见犬吠声你都不要回头,否则献祭便不会起作用。第二天的清晨,你用这神异的膏油涂抹你的全身,它会赐予你巨大的威力和不可思议的臂力。你将会感到自己不仅能和人类匹敌,甚至是神祇也不在话下。你也必须将你的矛、你的剑和你的盾涂上这神异的膏油,那样一来,任何人类的金属武器或神牛喷出的火焰都无法抵抗你和伤害你了。这些只能在当天生效,但我还会给你其他的援助。当你已经驾驭那些硕大的神牛,犁好土地,而种下去的毒龙牙齿也已得到丰收后,你就将一块巨石投掷到这些泥土所生的人当中。他们便会像狗争食面包皮那样持久争抢,当他们自相残杀时,你便可冲进去将他们杀死。然后你就能够从科尔喀斯毫无阻拦地取到金羊毛,并到达任何你所喜欢的地方去。"

她一面说着,一面想到这样的英雄就要离她而去,她的眼泪便忍不住地往下落:"当你回到家时,请不要忘记美狄亚这个名字。你离开之后,我也会思念着你,现在请告诉我你家乡的名字吧。"

女郎说的话使伊阿宋被无法控制的爱情征服了。他急忙说道:"尊贵的公主啊!只要我还活着,每时每刻我都不会将你忘记。我住在海摩尼亚的伊奥尔科斯,在那里,普罗米修斯的儿子杜卡里翁建造了许多城市和庙宇。在那个地方,甚至于像你们这样伟大的国家也显得不大知名。"

"那么你是在希腊长大的了?"女郎说,"也许希腊人比这里的人更让人感到亲切。请别告诉他们你在科尔喀斯的际遇,并请你在孤独时思念我吧。至于我,就算任何人都将你忘记,我还是会思念你的。可是如果你忘记了我——啊,但愿那时能够有一只鸟从此地飞到伊奥尔科斯,希望它能够让你想起你曾经因得到我的援助而逃脱的事。啊,但愿那时我能出现在你的屋子里,亲自让你想起我来。"她忍不住开始啜泣起来。

"让风去吹,让鸟去飞吧,"伊阿宋回答道,"这些都是虚谈。但是如果你自己前往希腊并到我的家中做客,所有的男人和女人都会尊敬你,就像崇拜女神一样,因为有你的帮助,他们的兄弟和儿子甚至是丈夫才摆脱了死亡的威胁,并平安而健全地返回故乡。而你,你将是我的,仅仅属于我一个人,我们会一直相爱到死。"

听到这些蜜语甜言美狄亚已经感到销魂,但同时也隐隐感到离开故国的可怕。不过,一种强大的力量也驱使她渴望着前往希腊,因为赫拉已把这种渴望深植在她的心中。宙斯的妻子希望美狄亚离开科尔喀斯到伊奥尔科斯去,并将毁灭带给珀利阿斯。

同时,侍女们沉默而焦灼地等待着女主人,因为回家的时间早已过了。如果不是心细的伊阿宋提醒她,美狄亚真的会因为愉快的谈心而忘记回家。当然,即使是伊阿宋,也是很晚时才想起来的。"是分别的时候了,"他终于说,"如果日落黄昏时我们仍待在这里,别人会对我们起疑心。让我们约定时间在这里再会面吧!"

他们在依依不舍中分别。伊阿宋回到船里——看到了同伴们——心中充满了快乐。美狄亚则向她的侍女们走去,她们急忙围住她。但美狄亚没有留意到侍女们的焦灼,因为她仿佛身处云雾里一般。她轻快地坐着车,赶着骡子回到宫殿。卡尔喀俄珀由于充满对儿子们的焦虑,已经等待她很长时间了。她低垂着头坐在一张凳子上,眼里满含眼泪。她正在担心着美狄亚是否落入恶魔的罗网之中。

同时,伊阿宋告诉他的朋友们,这女郎如何赠予他一种神异的膏油,并展示给他们看,大家都十分高兴。只有伊达斯咬牙切齿地坐在一旁。第二天清晨,伊阿宋派两个人去埃厄忒斯国王那里取龙牙,那正是卡德摩斯在底比斯杀死的那条毒龙的牙齿。埃厄忒斯十分放心地将龙牙交给他们,因为他相信伊阿宋即使能够驾驭神牛,也无法在战斗中活命。这天的夜里,伊阿宋在河中沐浴,并祭献赫卡忒女神,一切都按照美狄亚的吩咐进行。女神听到了他的祈祷,便从地下的洞府中走出,她那可怕的头上盘绕着扭结的毒蛇以及燃烧的树枝,脚边跟随着在她的周围狂吠不止的地狱恶犬。她的脚步让田野颤抖,法细斯河的女神们也在自己的恐惧中悲号。以至于当伊阿宋准备回到船上的时候,他的心里仍然感到害怕。但他完全听从自己情人的话,绝不回头看。这时,光辉的黎明女神用曙光将高加索山的雪峰染红了。

于是,埃厄忒斯身披铁甲,那是阿瑞斯在佛勒格拉战中从巨人弥玛斯那里夺来的。他头戴四羽金盔,手执用四层牛皮制成的大盾——那盾牌除了他自己和赫拉克勒斯以外，没有人能够举起。他的儿子也牵来快马，套好战车。他乘在车上，手执缰绳，在城中飞驰而过，居民们都互相拥挤着紧随其后。即使他只是一名旁观者，他也愿意将自己全副武装，就如同他将亲自上阵一样。

伊阿宋依照美狄亚的指示，把神异的膏油涂抹在他的枪、他的剑和他的盾上。他的伙伴们围成一个圈，每人都对他的枪进行测试，但都无法使它损伤，甚至连让它弯曲也不能，它在他那双坚固的手里就好像石头一样。这让阿法柔斯的儿子伊达斯十分恼怒，他对准枪头底下的柄用剑狠狠一击。但他的剑被挡了回来，就如同铁锤打在铁砧上一样。这使得青年们更加欢呼雀跃，好像胜利就在眼前一样。现在伊阿宋将身体也涂满了膏油。神异的力量立刻到达四肢，双手筋脉鼓胀，使他十分渴望战斗，仿佛临阵的战马那样：昂头竖耳，嘶叫着，马蹄踢踏着尘土。伊阿宋——埃宋的儿子已经准备好了，他不停地移动着两脚，并不停地挥舞着手中的盾和枪。

英雄们摇桨将他们的领袖送到阿瑞斯田野。在那里，埃厄忒斯王和科尔喀斯人正等待着他们的到来。国王坐在河岸上，而他的人民则散布在高加索山那些突出的山麓上。船停稳后，伊阿宋持着盾和枪跳到岸上，随即将一顶满是锐齿的金光闪闪的战盔戴在头上。他佩着剑前进，好像阿瑞斯或阿波罗般威严。他向田野四周环视，很快就看见已经放在地上的用铁铸成的轭、犁和犁头。他对这些工具进行了仔细观察后，就把枪头扎在结实的枪柄上，并放下战盔。然后，他执盾前进，寻找神牛的踪影。但这些被关在地洞中的神牛，突然从另一方向向他冲来。它们全身围绕着烟雾，鼻孔中喷着火。伊阿宋的同伴们看见这些怪物都吓得发抖，但阿伊宋自己却张开两腿站着，执盾等待着神牛的攻击，就如同一块等待着被海浪冲击的岩石一样。此时神牛们飞快地向他奔来，扬起犄角，对他进行攻击，但神牛的攻击并没有让这位英雄后退一步。这场景如同在一个巨大的冶炼厂中，当风箱鼓起来时，火光忽而熊熊燃烧，忽而又无声无息。此刻，这些神牛正咆哮着，喷着火向他攻击，阵阵火光在这位英雄的周围闪耀，仿佛闪电一般，但魔药却保护着他免受伤害。最后，他抓住牛角，用尽全力将它拖到铁轭所在的地方，并分开它的铜蹄，使它跪下。另一头神牛也向他冲来，他用同样的方法制服了它。现在，神牛喷出火焰炙烤着他，他丢开手中的盾，双手紧紧按住跪在地上的两头神牛,即使是埃厄忒斯也不禁惊叹他拥有的神力。最后,按照他们事先商量好的,波吕丢刻斯和卡斯托耳递给他铁轭,他用双手准确而迅速地将铁轭架在这些神牛的脖子上,最后他将铁犁套好。此刻这对孪生的兄弟飞快地跳开,因为他们不像伊阿宋那样能够避火。伊阿宋又拾起自己的盾,将它背在背上。然后他拿起盛放着龙牙的战盔和枪,又将枪当作鞭子,抽击着暴怒的神牛,让它们拽着犁前进。土地在神牛的神力下被犁出很深的垄沟,巨大的土块儿在垄沟里粉碎。伊阿宋用坚定的步伐在翻起的泥土中种下龙牙,并不时小心地回头观望毒龙的子孙是否已经长出来并追击他,神牛则用铜蹄奋力向前。

　　当一天仅仅过去了三分之二时,约有四亩大的田地已经全部被耕完。他取下牛轭,用他的武器恐吓神牛,它们就在恐吓中逃遁而去。伊阿宋则回到船里,因为垄沟里还没有长出毒龙的子孙。

　　他的同伴们围着他大声欢呼,但他却沉默着,只是痛饮用战盔装满的河水,浇除像火一样的焦渴。他觉得双腿和心中又充满昂扬的战意,如同野猪磨牙期待着猎人的出现一样。如今田里的"庄稼"已经长成,整个阿瑞斯田野都闪耀着长枪、盾牌和战盔的光辉。伊阿宋记起了美狄亚的话,他将一块巨大的圆石拾起——这块巨石连四个强而有力的人都无法搬动,但伊阿宋却不费力地拿着它,远远地朝着那些泥土所生的武士扔去。他勇气过人,屈膝跪在地上,用盾牌将自己遮盖。科尔喀斯人大声呼叫,声震天地,仿佛激打岩石的巨浪,埃厄忒斯王也在不可掩饰的惊惶中盯着这奇怪的行为。但那些泥土所生的人却像恶犬一样开始互相撕咬,每个人都愤怒地厮杀,他们被长枪刺杀,像被旋风连根拔起的橡树或松杉一样倒地身亡。当战斗达到最激烈的时候,伊阿宋像流星一样冲进他们中间,如同神祇显示的一种异兆。他拔出宝剑,忽左忽右地进行刺杀,将已经长出的武士砍倒,将刚露出肩头的武士就像割草一样地削平,将跑来攻击他的武士的脑袋砍掉。田垄中立刻血流成河,死伤无数。有些武士甚至像播种时那样沉没到泥土里去了。

　　埃厄忒斯王此刻心中大怒。他一句话也没有说,离开海岸回到城中,头脑中想着如何收拾伊阿宋并置他于死地。这些事是在白天发生的,而此刻已是黑夜。伊阿宋在疲劳后开始休息,朋友们都欢喜地包围着他。

一整夜,埃厄忒斯王和长老都在宫中商议,应该如何用智慧打败阿耳戈英雄们。因为他十分清楚,白天所发生的事情如果没有他女儿的帮助是绝对不可能成功的。天后赫拉发现了威胁着伊阿宋的危险,便施法让美狄亚心中充满了疑惧,如同在森林深处听到猎犬吠声的小鹿那样不停地发抖。她的直觉告诉她:她的父亲已经发觉了她的秘密。她害怕身边的侍女们也知道这些隐情,她禁不住泪如雨下,耳中也轰轰作响。她披散着头发,如同守丧的人一样。如果不是命运女神还有其他的用意,此时她真的会服毒自尽。她已经将装着毒药的杯举起,赫拉却鼓起她生存下去的勇气,并使她回心转意,所以她又将毒药倒回到瓶子里去。她恢复了镇定,决心逃跑。她亲吻了她的门柱和床榻,最后一次抚摩了卧室的墙壁,并从头上剪下一绺头发放在床上,作为留给她母亲的纪念品。

"再见了,亲爱的母亲啊,"她哽咽着说道,"再见了,卡尔喀俄珀和王宫中所有的人!啊,外乡人呀,你与其来到科尔喀斯,倒不如事先淹死在大海中!"

于是,她离开了她自己珍爱的家庭,好像俘虏逃脱了囚禁他的阴暗的牢狱。她低声念着咒语,宫廷的大门便自动打开。她光着脚沿着小路飞奔,左手拉着面纱以便遮盖面颊,右手却提起拖地长袍的下摆,所以看守城门的人并没有认出她。不久她跑到城外,从一条鲜为人知的小道(因为在采集药草、树根调制膏油和药剂的时候,她已经熟知了所有树林和田野中的小道)到达神庙。用清冷的月光对大地进行普照的月亮女神塞勒涅看见她正在奔逃,微笑着说:"别的人也是为了爱情而痛苦,就像我对我那美丽的恩底弥翁一样。你经常用你的魔法在天上对我进行驱逐,现在你自己也遭受到伊阿宋的苦恼!好的,随你去吧,但别以为你的聪明会使你摆脱一切苦痛中最甚的苦痛。"

塞勒涅在那儿自言自语地说着,美狄亚却在飞快地奔跑。现在她朝海岸跑去,在那里,阿耳戈英雄们整夜点燃着大火炬来为伊阿宋庆祝,此刻大火炬的火光引导着她一路前进。当她到达海岸时,她呼喊着她姐姐的最小的儿子佛戎提斯的名字,而他与伊阿宋都听出了美狄亚的声音,所以她呼唤了三次,他们也回答了三次。英雄们不仅听到她的声音而且见到了她本人,起初很惊异,但慢慢地,他们就摇船来迎接她。船还没有停稳,伊阿宋就跃到岸边,阿耳戈斯和佛戎提斯也紧紧跟随在他的身后。

"请你们救救我吧,"这女郎一边呼叫着,一边抱住他们的双膝,"把我从我父亲手里解救出来吧!同时也是为了解救你们自己,在他骑上快马追上我们以前,让我们乘船远离此地吧。我会使毒龙陷入沉睡之中,好让你们得到金羊毛。但你,这个外乡人,当着神祇和你的朋友们的面发誓,当我独自一人前往你们国家的时候你永远不可以羞辱我。"

虽然她如此悲哀地述说,但伊阿宋的内心却十分高兴。他从自己膝下将她扶起来,并且拥抱着她,说:"亲爱的,让宙斯和赫拉——婚姻的保护神作为我们的见证,一回到希腊,我就娶你为我合法的妻子并且让你做我屋子的女主人。"他一面说着誓言,一面握住她的手。于是,美狄亚带着英雄们当晚摇船去圣林取金羊毛。船快如飞箭一般朝圣林驶去。伊阿宋和美狄亚在天亮前离开船,走向那条横过草原的小道。在树林中,他们发现金羊毛就悬挂在最高的橡树上,它在黑夜中闪着光芒,就好像朝阳映照着的霞光一样。不眠的毒龙在橡树对面一刻不停地看守着,它那锐利的双眼监视着远方。它向靠近金羊毛的人伸长脖子并凶猛地嘘气,以至于河边及整个森林都回响着这个可怕的声音,就好像是火焰从燃烧着的树林中钻出来一样,它披着闪闪发光的鳞甲在森林中蜿蜒爬行。可是美狄亚却勇敢地靠近毒龙,以一种甜美的声音祈祷神祇中最有威力的睡眠之神诱使毒龙安息。她同时请求伟大的地狱女神赐予她福祉。伊阿宋害怕地跟随在女郎的后面,然而毒龙早就在女郎神异的歌声中逐渐睡眼蒙眬。它那弓形的龙背逐渐落下,并将盘曲的庞大的身躯伸展开来。只是它那可怕的头还直立着,并张着巨口好像随时要将他们两人吞食。美狄亚用杜松的小枝蘸取神异的露水洒进龙眼,同时又对它念起咒语。露水的芳香使毒龙开始昏迷,它闭上嘴,伸着腰,立刻在树林里熟睡起来。

按照美狄亚的吩咐,伊阿宋从橡树上将金羊毛取下。与此同时,她继续将露水滴洒在毒龙的头上。然后,他们从密林中逃出。伊阿宋举起金羊毛,它的光辉映在他的头发和前额上,也照亮了黑夜中的路途。他左肩扛着这发光的宝物,这宝物从他的脖颈一直垂到他的脚踝。随后,他又把它卷起收好,恐怕被神祇和恶人劫去。在天亮时,他们上了船,阿耳戈英雄们都围拢在他们的领袖身边,并叹赏这好像宙斯的闪电般灿烂发光的金羊毛。每个人都想用手去抚摸这件宝物,但伊阿宋不允许他们这样做,他把它藏在斗篷的下面。他让美狄亚坐在船尾,并对朋友们说:"现在我们便立刻回到故乡去。是美狄亚的建议和援助让我们取得了成功。回到故乡以后,我将让她成为我的合法妻子。你们也必须帮我保护她,因为她是全希腊人的恩人。此外,我相信埃厄忒斯一定会带领他的武士追赶我们,并阻止我们驶入海洋。所以,我们中一半人摇桨,另一半人手持大牛皮盾防备着敌人,掩护我们撤退。我们能否回到故乡以及全希腊人的荣辱,此刻都掌握在我们自己手中。"

说完,他割断缆绳,手拿武器,在舵手安开俄斯的旁边,紧靠着美狄亚站着。木桨飞快地击打着流水,船舶飞速地驶到了河口。

同时,埃厄忒斯及所有科尔喀斯人都知道了美狄亚的恋情、她偷取金羊毛的行动和她的逃跑路线。他们全副武装起来,聚集在广场上,即刻赶往河边去拦截他们,武器响动的声音好像雷霆一般。埃厄忒斯乘着太阳神赐予他的由四匹马拉着的精美的战车,左手执着圆盾,右手执着明亮的火把。在他的旁边插着他那支高大的长枪。他的儿子阿布绪耳托斯则执着缰绳。但当他们赶到河口时,不屈不挠的桨手早已划着"阿耳戈号"驶入大海。盾和火把从这气愤的国王手中掉落。他向上天举起双手,请求宙斯和阿波罗为敌人对他所做的这些做证,并凶狠地向他的臣民们发布命令,如果他们不能在海上或陆上将他的女儿捉到并带回来,可以让他能够随心所欲地报复,那么他就要将他们的头全砍下来。这些吓坏了的科尔喀斯人就在当天扬帆出海,飞一般地追赶美狄亚。他们的舰队由埃厄忒斯的儿子阿布绪耳托斯亲自指挥,数不清的船只航行在海上,就像遮天蔽日的鸟群一样。

风吹鼓了"阿耳戈号"的船帆。在第三天的清晨,他们来到了哈利斯河,并在帕夫拉戈尼亚的海岸抛锚。在这里,顺从美狄亚的要求,他们对曾经救出他们的赫卡忒女神进行献祭。这时,他们的领袖与其他的英雄们回想起年老的预言家菲纽斯曾经吩咐他们回来时必须走的路径。没有人对这一带熟悉,但佛里克索斯的儿子阿耳戈斯却有办法,因为他从祭司们的记载中了解到他们此刻正向着依斯忒耳河进发,这河发源于里派安山,在流淌的过程中产生了许多支流,一直流入西西里海和伊奥尼亚海。阿耳戈斯正向他们进行说明,突然在他们应当前进的远方的高空中出现了彩虹。海上不停地吹着顺风,天空中一再显示着明显的征兆,直到他们安全地抵达依斯忒耳河注入伊奥尼亚海的河口。

但科尔喀斯人一刻也没有停止对他们的追击。因为他们的船比较轻,所以行驶得很快,他们比阿耳戈英雄们先一步到达依斯忒耳河河口,并分散在不同的岛屿和港湾上。他们在这里等待着偷取金羊毛的人,当他们在河口的三角洲停泊之后,便马上封锁了入海的道路。阿耳戈英雄们对敌人数量之多感到十分震撼,上岸后便占据了一个岛屿。科尔喀斯人紧紧追踪他们,战事一触即发。然后,被包围的希腊人开始和他们进行协商,最后科尔喀斯人同意阿耳戈英雄们可以带走国王对伊阿宋的工作而承诺过的金羊毛,但国王的女儿美狄亚必须留在另一个岛上——即在狩猎女神阿耳忒弥斯的神庙中——等候一位以公正而著称的国王来判定她是应该回到她的父亲那儿,还是和英雄们一同到希腊去。当女郎听到这些时,内心充满了恐惧。她把自己的情人拖到一边,向他哭诉:"伊阿宋,你打算如何处置我呢?难道你的幸福让你忘了你在无法完成的困难中对我立下的庄严誓言吗?我是多么的愚蠢,竟然将我的希望寄托在你的身上,看轻我的荣誉,背离我的故乡、我的家庭、我的双亲和我至爱的一切!正是由于我为你所做的一切,我才来到这远离故乡的海上。我的痴心帮你取得了金羊毛。为了你,我献出了我的处女贞洁,并成为你的人,想做你的合法妻子,跟随你到希腊去。因为这些,你必须对我进行裁决!如果我被迫回到我的父亲身边,我的生命就会终结,这样一来,你回去还有什么快乐可言呢?宙斯的妻子,那位你曾经夸耀是你的保护女神的赫拉,又怎能同意这样的行为呢?如果你抛弃了我,有一天你便会在灾难中想到美狄亚,金羊毛也会像梦幻一样失去。那时,复仇的鬼魂将驱使你远离故乡,如同我先前被你拐骗离开我的故乡一样。"

她越说越兴奋,好像要将船烧毁,烧毁一切,而自己也仿佛要投身于火焰之中一样。伊阿宋望着她,心里犹豫不决。他的良心此刻在责备他,他解释道:"请你放心吧!我会认真地履行这个誓言的。只是为了你,我们才想方设法延缓这场战争的爆发,因为我们的敌人像蝗虫一样多。所有居住在这里的人都是科尔喀斯人的朋友,他们都十分乐意帮助你的弟弟将你抢回去交给你的父亲。另外,如果我们立刻开战,我们会被悲惨地毁灭,你的命运也将变得更加不幸,因为我们死了,你必然会沦为敌人的俘虏。这个条约只是我的一种策略,希望由此来击败阿布绪耳托斯。只要他们群龙无首,这里的人便不会对科尔喀斯人进行援助了。"

他这样对她进行劝慰,现在美狄亚向他说出了一个歹毒的计划。"我曾经一度将我的责任放弃,"她说,"由于受到感情的蒙蔽,我铸下了大错。我已经无法回头,所以我只好继续滑入罪恶的深渊。我将引诱我的弟弟,直到他落在你们的手里。请准备一桌丰盛的酒席接待他。我会将他的贴身卫士劝走并杀死阿布绪耳托斯,然后让这支没有领袖的科尔喀斯人的队伍完全消失。"

他们两人谋划着如何杀害阿布绪耳托斯。他们送给他许多礼物,包括楞诺斯的女王赠给伊阿宋的一件华丽的长袍。那是美惠三女神亲自为狄俄尼索斯编织的,在紫色衣料的精美的纤维中含有天国的芳香,因为酒神在沉醉时曾披着这件衣服熟睡。美狄亚很巧妙地鼓动使者们在深夜时分带阿布绪耳托斯来到另一个岛上的阿耳忒弥斯的神庙之中,假意表明自己正为他设法取得金羊毛带回去献给他们的父亲。而她自己——她撒谎说——已经被佛里克索斯的儿子们强迫着送给了外乡人。她通过这样的手段,蒙骗了和平使者之后就将大量的魔药洒在空中,让它的芬芳将高山上的最凶猛的野兽引出。她所希望的事发生了。在半夜时分,阿布绪耳托斯被庄严的话语所欺骗,摇着船桨来到这神圣的岛上,他独自一人和他的姐姐在一起,他对他姐姐多诈的心思进行探察,想知道她究竟是否真的为外乡人设下圈套,但这正如一个儿童想穿过即使成人也无法安然穿过的幽深的山峡一样。当他们密谈到深处时,他的姐姐好像已经按他所要求的一切做好了准备。这时伊阿宋突然从埋伏处冲了出来,挥着雪亮的宝剑。美狄亚退后并用面纱遮盖住眼睛,为的是不看见她弟弟的死。好像祭坛上的羔羊一般,这个国王的儿子被伊阿宋一剑杀死,他的血也溅在美狄亚的衣襟上。此时,明察秋毫的复仇女神以愤怒的目光从她的秘密住所向外观望,发现了在这里发生的恐怖事件。

伊阿宋将手上的血迹洗去并埋葬尸体,美狄亚举起火把向阿耳戈英雄们发出事先约好的信号。所以他们立刻摇船靠近阿布绪耳托斯乘坐的渡船。他们爬上船去，对没有领袖的科尔喀斯人进行杀戮，就如同雄鹰扑向一群鸽子或狮子进入羊群一般。科尔喀斯人无一人生还。而此时伊阿宋赶来援助他的朋友已经毫无必要，因为胜负已定。

由于接受了珀琉斯的劝告，英雄们迅速地离开河口，并在其他科尔喀斯人还不知道发生什么事以前，飞快远去。后来科尔喀斯人知道了发生的一切，便立即对敌人进行追击，但赫拉却在天上用闪电阻挠他们前行。他们对赫拉的警告十分畏惧，但如果不带着国王的女儿和国王的儿子回去，他们也怕国王震怒。因此，他们决定留居在河口的阿耳忒弥斯岛。

英雄们继续航行，途经许多海岸和岛屿，其中包括阿特拉斯的女儿卡吕普索居住的岛屿。他们认为自己已经看见远处耸立的故乡的最高峰，但赫拉由于畏惧宙斯，激起一阵强烈的暴风雨，把船送往荒凉的安柏耳岛。此刻，由雅典娜镶在船首的那块神异的橡树木片开始说话了。大家都诚惶诚恐地听着。"你们无法逃避宙斯的激怒，你们将一直漂流在海上，"橡木说，"除非女巫师喀耳刻能够消除你们谋杀阿布绪耳托斯的罪行。让波吕丢刻斯和卡斯托耳向神祇祈祷，请求太阳神与珀耳塞所生的女儿对你们到喀耳刻那里去的路径进行指点。"

英雄们听到这个不幸的预言都坐在船上发抖，只有波吕丢刻斯和卡斯托耳勇敢地站起身来，请求不朽的神祇对他们进行保护。但"阿耳戈号"航行到厄里达诺斯河中，正是法厄同坠落的地方——即使到现在，在河底上，他身上由于灼烧形成的创口依然从河底喷射火焰和烟雾。因为这炽热的火焰会将船只吞没，所以船只不能轻易从此通过。沿着河岸，法厄同的几个姐妹——赫里阿斯的女儿们——已变成了白杨树，她们在风中不停地叹息，并流下晶莹的琥珀泪珠，被太阳晒干后让河水冲走。要感谢他们那艘坚固的船，阿耳戈英雄们总算安全脱离险境，只是他们失去了对一切饮食的欲望。白天他们要忍受烧焦的尸体发出的恶臭，夜间不断受到赫里阿斯的女儿们的悲叹的困扰，听着她们的金色的眼泪滴入到海中的声音。他们沿着厄里达诺斯河的河岸航行，很快来到厄里达诺斯河河口。如果他们再往前进发，必然会遭到毁灭。这时，赫拉突然出现在前方的岩石上，用清晰而神圣的声音劝告他们离开。她用黑雾包裹着船舶，他们夜以继日地航行，经过繁衍着刻尔提克家族的许多地方，后来他们终于发现第勒尼安海，随即安全地抵达了喀耳刻的岛屿。

他们看见有个女巫师正在海边用海水洗脸。这个女巫师曾经梦见自己的整座宫殿血流成河，一场大火将她那些用于迷醉外乡人的药酒和药草全部烧毁，而她用手掬血，拼命去浇熄火焰。黎明时分，噩梦使她从睡梦中惊醒并驱使她来到海边。她在这里清洗衣裙和头发，仿佛它们真的涂染上血污一般。成群的猛兽跟随着她，好像牛群跟随着主人，但那些却不是我们常见的动物，因为它们的四肢是一类动物的，而头或身体又是其他种类动物的。英雄们看见这种情形都十分恐慌，因为他们一见到喀耳刻就认出她是残忍的埃厄忒斯的妹妹。这个女巫师洗净夜间的恐怖之后，便转身回家，并且呼唤着那些怪兽，并像爱抚小狗一样拍抚它们。

伊阿宋命令所有的水手都待在船上，只有他和美狄亚上岸。上岸后，他将极不情愿的美狄亚拉到喀耳刻的宫殿外。这个女巫师对外乡人到来的意图毫无所知。她安排他们坐在华丽的椅子上，但他们却默不作声且满脸愁容地坐在火堆旁边。美狄亚低着头，用手蒙着脸，伊阿宋则把杀死阿布绪耳托斯的宝剑插在地上，并用手掌抵在剑柄上，将下巴支在上面，低垂眼睛。这时，喀耳刻从他们的举动中知道他们是哀求者，由于要消除自己犯下的罪孽，由于畏惧流亡的辛苦，他们来到自己的住所求救。为了向哀求者的保护神宙斯献祭，她专门宰杀了一只乳猪并祈祷宙斯允许自己为他们洗净罪恶。她吩咐她的仆人——水中女神们将屋子中所有的赎罪用具拿出来。她自己则在火炉上焚烧圣饼，不断地祈求复仇女神平息愤怒，并请神祇对那些手上沾有血污的人进行赦免。做完这些，她先让这两个外乡人坐在椅子上，自己和他们面对面坐着。她询问他们的旅途情况，从什么地方来，为什么在她的岛上登陆，并且为什么需要她的保护，因为这件事让她想起了那个血流成河的噩梦。当美狄亚抬头回答时，喀耳刻看到这个女郎的两眼后大吃一惊，因为美狄亚和她一样同为太阳神的子孙，凡是太阳神的子孙都是双眼闪耀着金光的。喀耳刻注意到这个细节，她要求这个逃亡者用故乡的语言叙述事情的经过。美狄亚开始用科尔喀斯地方使用的语言对她叙述埃厄忒斯和英雄们之间所发生的事情，十分真实地，只是将她把弟弟阿布绪耳托斯谋杀了的这件事隐瞒下来。但女巫师连她没有说出来的事也十分明了,她十分同情她的侄女。她说:"可怜的孩子啊,你逃离了家庭,留下了坏名声,并且铸成了大错。你的父亲一定会追到希腊,替他被杀的儿子报仇。我不会伤害你,因为你是一名哀求者,并且你是我的侄女。但你必须和这个外乡人马上离开,因为对于你们的计划以及你们可耻的逃亡,我都不赞同。"听到这话,美狄亚的内心很痛苦。她用面纱蒙着脸,悲伤地哭泣起来。直到伊阿宋用手牵住她,她才跟跟跄跄地跟随他离开喀耳刻的宫殿。

赫拉对于这个她所选择的被保护人是十分同情的。她派遣她的使者伊里斯走过五色彩虹铺成的道路,召唤大海女神忒提斯,把船和英雄们交托给她照顾。美狄亚和伊阿宋上了船,和煦的风就吹起来。怀着愉快的心情,英雄们起锚扬帆。"阿耳戈号"乘风急进,不久便来到一个满是花草的美丽岛屿。这里住着一群媚惑人的女妖,她们用她们的歌声诱惑过客,然后又将他们杀死。她们是半鸟半女人的形态,总是躺在海岸上,等待新的牺牲者到来。走近她们的人没有一个能够幸免。此刻她们对阿耳戈英雄们也唱起了甜美的歌。他们正要系缆停船,这时俄耳甫斯——这色雷斯的歌手——从座位上站起身来,弹奏神圣的竖琴,演奏出高昂动听的音乐,用来掩盖那诱使他的朋友奔向死亡的歌声。同时,众神也对船尾吹来一阵迅猛的大风,使女妖们的歌声随着水流消失。除了一个英雄——忒勒戈诺斯的儿子部忒斯。他听到这优美的歌声后无法自持,从摇桨的位子上站起,跳到水中游着去追逐那些令人销魂的歌声。如果不是掌管着西西里厄律克斯山的阿佛洛狄忒对他进行搭救,他也许真的会遭殃。阿佛洛狄忒将部忒斯从旋涡中提起,投放在西西里岛的海岬上。从此以后他就在那里定居。英雄们都在哀悼他,以为他已经死了,然后他们又继续冒险前进。

他们来到一处海峡,一边是斯库拉山,它向海中伸出去的陡岩,仿佛要将"阿耳戈号"撞成碎片;另一边是卡律布狄斯的大旋涡,水流急速下旋,仿佛要将船只吞没。两者之间从深海中断裂的浮岩又特别多。这里过去曾经是赫菲斯托斯的炼铁厂,但现在只剩下从水中冒出的浓烟还在空中弥漫。当英雄们来到此处,海洋的仙女——涅柔斯的女儿们突然从四面八方向他们游来,她们的女王忒提斯亲自为英雄们掌舵。她们在船的四周来回巡视,当船遇到浮岩时,她们就把船推开,传给其他姐妹,如同在进行一场球戏。船一会儿随着海浪飞到空中,一会儿又随着海浪落到海底。赫菲斯托斯将大铁锤扛在肩上,在高岩的绝顶观赏着这件有趣的事。宙斯的妻子赫拉则在星光闪烁的天空中俯视下方,但由于禁不住眩晕的困扰,她紧紧地握住雅典娜的手。最后,他们顺利地渡过危险海域,航行在平静的大海上,并来到淮阿喀亚人和他们的贤王阿尔喀诺俄斯的领土上。

他热情礼貌地招待了他们,而他们也在这个岛上得到了休息。这时从别的道路绕来的一支科尔喀斯人大舰队突然出现在这里,并派遣大批的战士登陆。他们要求希腊人交出国王的女儿美狄亚,好让他们将其带回去交给她的父亲处置。如果他们的要求得不到满足,他们便要和希腊人开战。更糟的是,埃厄忒斯还会带着更多的军队赶来。当战争正要开始时,贤明的国王阿尔喀诺俄斯阻止了他们,他希望能够不流血地解决双方的争执。

此刻,美狄亚正抱着国王的妻子阿瑞忒的双膝。"我请求你,"她说,"别让他们把我交给我的父亲!你们同我一样属于容易犯罪并会突然陷入灾难的人类种族。虽然我的行为没有经过思考,但我与此人的私奔绝不是轻率的。那是由于我对父亲的畏惧,伊阿宋要把我带回希腊去,所以请你同情我。我会请神祇保佑你长寿,多子多孙,并将永久的英名赐予你的城邦。"

她也向英雄们一一下跪,每个人都对她进行鼓励,挥着剑,舞着枪,并许诺如果阿尔喀诺俄斯企图拱手将她交给她的敌人,他们将对她进行援救。

到了晚上,国王和妻子对这个从科尔喀斯逃来的女郎的去留问题进行讨论。阿瑞忒替她求情,并把伊阿宋将娶美狄亚为他的合法的妻子的消息告诉了阿尔喀诺俄斯。阿尔喀诺俄斯是一个慈悲为怀的人,听到这些,他的心更充满了柔情。"为了这个女郎,"他回答他的妻子,"我愿意用刀枪将科尔喀斯人驱逐出去,但我又不愿意违反宙斯制定的以礼待人的法律。另外,得罪埃厄忒斯也是不明智的,因为他是一位有权势的国王,即使他离我们很远,他也能使全希腊陷入战争。所以,我的决定是:如果这女郎还是处女,她必须回到她父亲的身边;假使她是伊阿宋的妻子,我便不能迫使他们夫妻分离,因为此时她已属于她的丈夫而不再属于她的父亲。"

阿瑞忒听到国王的决定大吃一惊,当夜她立即派人告诉伊阿宋,并劝说他们在天明前结为夫妻。伊阿宋将这意外的建议告诉了他的同伴们,他们都十分高兴。在一处神圣的岩洞里,俄耳甫斯吹奏着音乐,美狄亚在祝福声中成为伊阿宋的妻子。

第二天清晨,海岸和沾满露水的田野沐浴在阳光中,淮阿喀亚人挤满了城市的街道。在岛屿的另一端,科尔喀斯人全副武装排列着。按照他许下的诺言,阿尔喀诺俄斯拿着黄金的王杖来到宫殿,宣布他对美狄亚的判决。王国的贵族们都跟随着他。妇女们也用好奇的目光望着希腊的英雄们,很多乡下人也来凑热闹,因为宙斯已将这消息传遍四方。一切都在城墙前准备完毕,献祭的烟直升天空。英雄们在这里等了很长时间,最后国王坐上宝座,伊阿宋走上前来,宣布埃厄忒斯王的女儿美狄亚已经成为他的合法妻子,并发誓永远也不会变心。阿尔喀诺俄斯听到这话后又向几个参加婚礼的证人进行了询问,然后他庄严地向所有人宣布:不能交出美狄亚并将对她进行保护。科尔喀斯人的反对毫无作用。国王劝他们要么定居在他的国土做和平的居民,要么乘船马上离去。因为无法得到美狄亚,他们不敢回去见国王,他们只好选择留下。在第七天,阿耳戈英雄们向阿尔喀诺俄斯辞行,国王依依不舍地和他们话别,并赠给他们数量众多的礼物。他们扬帆继续航行。

他们又途经许多海岸和岛屿,就在远远望见故乡珀罗普斯的山峰时,突然从北方袭来一阵猛烈的暴风雨,整整九天九夜吹着他们漂过利比亚海,驶向完全陌生的海域。后来,他们漂向非洲的沙漠,到达了绪耳提斯海湾,这里到处都是泡沫和水草,形成了危险的沼泽。周围除了沙漠一无所有,没有野兽,也没有鸟雀。船只紧靠着海岸航行,船底摩擦着沙岸。他们大吃一惊,走下船发现了一片无边无际的陆地,荒芜得如同天空一样。这里没有泉水,也没有道路,更没有荫蔽,死一般的沉寂笼罩着一切。

"糟糕,"他们悲叹着,"这地方到底叫什么名字呢?暴风雨把我们吹送到了什么地方?还不如触礁沉没了好!如果我们做了一些违反宙斯旨意的事情,让我们在一次光荣的战斗中牺牲,那也比现在好啊!"

"是呀,"掌舵人说,"潮水让我们浮得很高,但很快又退去,并不再来。一切航行和回家的希望都被断绝。现在如果有谁愿意掌舵，就请他来干吧！"说着，他放开舵柄，坐在船上哭泣起来。悲伤的情绪在船上弥漫，所有人都等候着死亡的降临，英雄们都心怀悲愁，在海岸上踯躅着。晚间，大家互道晚安，饿着肚子用斗篷包裹着身体躺在沙地上，在漫长的失眠的黑夜中等候死亡。在距离不远的地方，美狄亚的侍女们聚拢在她们女主人的周围悲叹着，仿佛濒死的天鹅低唱着最后的挽歌。真的，如果不是掌管着利比亚的三个半神半人的女仙对他们产生了同情，所有男男女女都将在无声无息中死去。

　　在一个灼热的中午，女仙们身上披着羊皮朝这些人走来，轻轻地将伊阿宋盖在头上的斗篷揭开，让他露出头来。他吃惊地跳起来，恭敬地将目光从女仙们的身上移开。"不幸的人啊，"她们说，"我们了解你们所有的苦难。但请不要再悲愁了。当海洋女神从波塞冬的神车上解下马匹时，感谢长久孕育过你们的母亲吧。从此以后，你们就能回到光荣而幸福的希腊。"

　　说完，女仙们突然消失不见了。伊阿宋把这隐晦的神谕告诉给同伴们。他们正在疑惑不解时，第二个同样神异的迹象又出现在他们的面前：一匹高大的马——颈上长着金色的鬣毛——从海中跑出，抖落身上的水滴后飞奔而去，如同御风而行一样。珀琉斯欢快地叫起来："这神谕的第一部分已经显现。海洋女神已卸下了波塞冬的神车——那车子原本就是由这匹神马拉的。至于母亲——在她的肚子里这样长久地孕育了我们——那便是指我们的船！为此我们要感谢它！让我们把它高高举起，扛在我们的肩膀上，沿着沙地上马的足迹走。因为它是不会从大地上消失的，它将指示给我们入水码头的方向。"

　　说做就做，英雄们把船扛在肩上，在它的重压下呻吟着走了整整十二个昼夜，眼前仍是一片荒芜的沙漠。如果不是神祇赐予他们力量，他们在第一天就会全都累死。最终，他们仍以饱满的精神来到了特里托尼斯海湾。在这里，他们卸下肩上的重负。由于焦渴，他们四处奔跑着寻觅水源，好像疯狗一般。在寻觅中，歌手俄耳甫斯找到金嗓子赫斯珀洛斯的女儿们，她们住在由巨龙拉冬看守的金苹果圣园。俄耳甫斯请求她们将他领到有泉水的地方去，她们被俄耳甫斯的话打动了。埃格勒——她们之中最庄严者告诉他一件奇异的事。

　　"昨天此地出现了一个大胆的强盗，"她说，"那个杀死了巨龙、偷去了我们的金苹果的人一定会帮助你们。他是一个野蛮人，眼睛在皱紧的眉毛之下闪闪发光。他的肩上披着狮皮，手中拿着用橄榄木制成的木棒和那支射死巨龙的箭。他也是在走过大沙漠之后感到焦渴。当他找不到水源时，他就用脚踢岩石，好像变魔术一样，石缝中流出了泉水。这巨人伏在地上，双手捧水猛喝一气，喝饱之后，便躺在地上休息。"

埃格勒一边说着，一边指着从岩石中流出来的泉水。英雄们都拥到水边，当他们消渴后，又变得和以前一样快乐。

"那一定是赫拉克勒斯了，"有个人一面说，一面用最后一口泉水来冷却灼热的嘴唇，"就算是赫拉克勒斯没和我们在一起，他还是救出了同伴们的性命。但愿我们能在前面某个地方遇到他吧！"于是，他们分头去找。当他们聚拢以后，都说没有发现他，只有目光锐利的林叩斯说曾经在远处看过他一眼，但是那就像是农夫看见流云背后的新月一样。他告诉他们说，要找到赫拉克勒斯是根本不可能的。

由于发生了不幸的意外事件，两个阿耳戈英雄死去了。同伴们为他们举行了适宜的葬礼以后，又驾船航行。他们打算离开港口驶向大海，但逆风阻挠了他们的行程。他们在港口里横冲直撞，就好像一条徒然想离开洞穴的蛇一样，两眼发光，口中咝咝作响，不停地伸着头试探。按照俄耳甫斯的提议，他们上岸后将船上最大的三脚祭坛献给当地的神祇。在回去的途中，这些英雄遇到海神特里同，他把自己装扮成一个青年，从地上拾起土块递给欧斐摩斯作为尽地主之谊的表示。欧斐摩斯将它收藏在胸前。

"我的父亲派遣我来看守这一海域，"海神说，"看呀！你们看见那个地方了吗？那里的海湾幽深而宁静。向那里摇去，你们将会发现一条从海湾到大海的狭窄通道。我将送给你们一阵清风，使你们能够很快地到达伯罗奔尼撒。"他们满心欢喜地上船起锚。特里同把三脚祭坛扛在肩上，消失在海中。

几天以后，他们来到了卡尔帕托斯的岩岸，希望从这里到达美丽的克里特岛。但此岛被巨人塔罗斯守卫着。他是青铜时代的人类遗留下来的最后一个人。宙斯让他看守着欧罗巴并吩咐他每天在岛的周围巡视三次。他的整个身体是青铜的,所以不会受伤。他只有脚踝的一小块地方为血肉,长着血管和筋脉。每个人都知道只要击中那里就一定可以将他杀死,因为他并非永生的。当英雄们来到此地时,他正在海边的悬崖上巡视。塔罗斯一发现他们,就搬起大石块向船上掷去。英雄们都很吃惊,急忙摇桨后退,如果不是美狄亚起身告诉他们要耐心等待,即使他们被焦渴所苦,他们也会放弃在克里特岛登陆的这个计划。

"听好,"她说,"我知道如何降伏这个怪物。你们所要做的只是将船停在远处,别被他的投石击中。"于是,她提起她的紫袍,沿船步行,伊阿宋在前面当她的向导。她小声地念着神咒,三度召唤掌管生命的命运女神和奔跑在空中追逐生命的地狱恶犬。她念的神咒让塔罗斯闭上眼睛,并让噩梦不断侵袭他的灵魂。塔罗斯被折磨得头晕眼花,他想弯下腰去拾取岩石来保卫港口,但脚踝恰好碰在尖锐的岩石上,伤口喷流鲜血,仿佛熔融的黑铅一样。如同被大风吹倒的松树,塔罗斯摇晃着,雷鸣似的大吼一声后栽倒在海中。

现在,英雄们可以平安登陆了,他们在这美丽的岛上休整到第二天黎明。他们刚刚离开克里特,又遭遇了一种新危险。在五月的夜间,天空漆黑一片,如同全世界的黑暗都聚集于此,他们也不知道自己到底是航行在海上还是航行在塔耳塔洛斯的潮水之中。伊阿宋高举双手,请求赫里阿斯将他们从这诡异的漆黑中解救出来。恐惧的泪流到面颊上,他许愿将献给太阳神无价的祭品。太阳神听见了许愿,便从奥林匹斯圣山降下,跃到高岩上,手执金弓,向这黑暗射出一支银箭。在银箭划过的光中他们发现自己已经驶近了一个小岛,他们在那里抛锚等候天明。当他们航行在阳光普照的大海上时,欧斐摩斯回想起在那一夜他做的一个梦:特里同赠予的被他一直珍藏在他胸口的那块泥土,如同有了生命一般,长成一个可爱的少女,并对他说:"我是特里同和利比亚的女儿。把我交给涅柔斯的女儿吧,这样我便能在靠近阿那斐的海上生活。那样,我将重新在阳光中生活,因为我命中注定要赡养你的子孙。"

由于他们在那里等待着天亮的这个小岛名叫阿那斐,所以欧斐摩斯回想起曾经做过的这个梦。伊阿宋听他讲完他的梦,立刻明白它隐含的意义。他让他的朋友把怀中的泥土投入海中。当欧斐摩斯这么做了之后,在英雄们眼前的海中出现了一个满是果树和鲜花的丰饶的岛屿。他们将它命名为卡利斯忒,意即至美之人。后来欧斐摩斯的子孙果然住在这个岛上。

这便是英雄们最后的冒险。不久,他们就到了埃癸那,并从那里驶回他们的故乡,一直进入伊奥尔科斯的海湾。伊阿宋在科任托斯海峡将"阿耳戈号"献祭给海神波塞冬。当它变成粉末之后,神祇们把它安放在天上,它在南部的天空闪闪发光,好像光明的星座。

伊阿宋最终没有得到伊奥尔科斯的王位,尽管为了王位他进行了危险的冒险,把美狄亚从她的父亲那里夺来并残忍地杀害了她的兄弟阿布绪耳托斯。他不得不将王位让给珀利阿斯的儿子阿卡斯托斯,自己则和年轻的妻子逃往科林斯。他们在那里生活了十年,在这期间美狄亚给他生了两个儿子,一个名叫墨尔墨洛斯,另一个名叫斐瑞斯。在这些年中,伊阿宋敬爱他的妻子,不仅是因为她的美丽,而且因为她足智多谋。但当她年老色衰时,他又爱上一位年轻美丽的女子格劳刻,她是科林斯国王克瑞翁的女儿。他瞒着美狄亚向格劳刻求婚,在得到国王的允许并即日成婚之后,他才告诉美狄亚,并强迫她和自己解除婚约。他发誓并非自己已经厌倦她,而是为着孩子们的前途着想不得不和王室结亲。美狄亚悲愤地听完他的理由,她请求神祇来为他以前许下的誓言做证。但他依然不顾美狄亚的怨愤,决意和国王的女儿结婚。

美狄亚失望地在她丈夫的宫殿里徘徊。"唉,我的命真苦,"她哭泣着,"让天上的神火将我杀死吧!为什么我依然活着?愿死神可怜我吧!啊,父亲呀!我在羞耻中逃离自己的故乡!啊,被我害死的兄弟呀,你的血现在已经流到我的身上。但并非我的丈夫伊阿宋应该责罚我!就是为了他我才犯罪呀!啊,正义女神,请求你将他和他的情妇毁灭!"

正当她在宫中发怒时,伊阿宋的岳父克瑞翁向她走来。"你面带怒容,"他说,"你不应该怀恨你的丈夫。你马上带着你的孩子们离开我的国家,不将你逐出我的国境我就不回去。"

美狄亚压制着怒火,语气平和地对国王道:"克瑞翁,为什么你要逐我出境呢?我和你无冤无仇。你把你的女儿许给你所满意的人,我为何要干涉你呢?我只是恨我的丈夫,因为他辜负了我!但事已至此,就让他们结为夫妇吧。但是请让我仍然住在你的国家里,即使我受了天大的委屈,我也会保持沉默,并屈服于那些权力比我大的人。"

但克瑞翁看见她的怒容后,不相信她所说的话,甚至当她抱住他的双膝并用她的情敌即他的女儿格劳刻的名字发誓时,他也不敢相信她。"去吧,"他说,"别烦我。"她只好请求他稍缓一天再将她驱逐出境,她好替她的孩子们寻找一个住处。他回答道:"我并非狠心的人,很多次我因为不恰当的怜悯而愚蠢地让步,现在我也认为这样做很傻,但还是依你所求吧。"

美狄亚在她的要求得到满足后,又变得狂暴起来,她准备把她心中一闪而过且尚未决心实行的毒计加以实施。但首先,她仍然做最后一次努力去让她的丈夫承认自己的无义和无信。"你欺骗了我,"她哭泣道,"即使我替你生了孩子,你还是娶了别人。如果你没有儿子,我还能够原谅你,你也还有理由。但事实上你毫无理由可言。你以为替你的誓言做证的那些神祇已不存在,或者现在的人都开始信奉新的法律,你就敢破坏你的誓言吗?告诉我!我还把你当成朋友一样来询问,你要我到哪儿去呢?你要把我送回我父亲那里去吗?——我曾经欺骗过他并为了爱你而谋杀了他的儿子的父亲!或者请你告诉我我将在哪里藏身?真的,如果你的前妻和孩子们像乞丐一样在人间漂泊,那才会为一对新人'增光添彩'呢!"

伊阿宋对她的责难毫不理会。他答应给她和孩子们一些黄金,并写信让朋友们收留她,但她反对这种安排。"去结婚吧,"她说,"你的婚礼将会有一个悲惨的结局!"

伊阿宋离开之后,她很懊悔自己说出了最后那句话。并非她回心转意,而是她怕引起伊阿宋的提防,使她无法实施她的毒计。所以她又将伊阿宋请来,态度温和地婉言道:"伊阿宋,请你原谅我曾说过的气话。因为我已变得神志不清。现在我认为你所做的一切都是对的。当初我们如同穷困的流亡者一样来到这里。由于你新婚,你希望养活你自己,你的孩子们和我。你的孩子们刚离开你一会儿,你便会思念他们并让他们来分享他们兄弟姐妹的幸福。来吧,我的孩子们,别对你们的父亲产生怨恨,就像我不再怨恨他一样。"

伊阿宋真的相信她已放弃对他的仇恨。他内心十分欢喜,并对她和孩子们做出各种保证。同时,美狄亚进一步让他相信她的好意。她要求伊阿宋将孩子们留下,只让她独自一人离开。为了要得到格劳刻和国王的同意,她把自己保存的几件珍贵的金袍让伊阿宋转送给国王的女儿。起初他还犹豫,最后她说服了他,他就命令仆人把这些珍贵的礼品送给新娘,但那些美丽的衣袍曾在毒药里面浸过。美狄亚假装和丈夫依依不舍地告别之后,就时刻期待着使者来报告她的礼物如何被接受的消息。最后使者回来后远远地叫嚷着:"美狄亚啊,快上船逃命吧!你的情敌和她的父亲都死了。当你的孩子们进入宫殿并站在他们父亲的身边时,我们仆人们都庆幸这仇恨总算冰释。年轻的公主微笑着迎接你的前夫的到来,但当她看见孩子们时,她便用面纱蒙着眼睛,掉过头去,似乎很厌恶他们。伊阿宋尽力地安慰她,替孩子们说好话,并把礼物拿出来给她看。这些华贵的衣袍让她打心眼儿里喜欢。她的态度变得温和了,并同意新郎所要求的一切。当你的前夫和孩子们离开她后,她马上把美丽的衣裳拿起来,将金斗篷披在自己身上,将金花冠佩戴在头发上,并美滋滋地看着从明亮的镜子中显现出来的美丽身影。她在房中缓步而行,孩子一般地为自己的新装骄傲。突然,她的心情骤变,面色变得惨白,四肢开始发抖,双脚不停地摇摆着,还没有走到座位那里,就倒在地上。她翻着白眼,口中吐着泡沫。宫殿里立刻响起一片哭声。有几个仆人跑去向她的父亲报告,其他的人又去告诉她的丈夫。同时,她头上的花冠喷出炽热的火焰,毒药和火焰争相侵蚀着她的肌肤。当她的父亲大声悲号着跑向她时,他看见他的女儿早已变形的尸体。在绝望中,他将她抱起,此时衣服上的毒药也对他产生了作用,因此他也中毒身亡。伊阿宋的情形我们还无从了解。"

这可怕的叙述不但没有使美狄亚的愤怒平息,反而煽起她胸中熊熊的怒火。她好像复仇女神一样，决定和她的丈夫同归于尽。夜间，她来到她的孩子们熟睡的屋子里。"硬起心肠吧，"她自言自语道，"为何我在做这件可怕但必须做的事情时要发抖呢？忘记他们是你的孩子，忘记你曾经生育过他们。就在此时忘记他们，然后用你的一生去怜悯他们吧。现在你正在为他们做一件好事。如果你不杀死他们，他们也一定会死在他们的敌人手中。"

当伊阿宋忙着回家寻找美狄亚并准备向她复仇时，他听到他的孩子们的尖叫声。他跑到他们的房间，发现门敞开着，他看见孩子们身上正流着鲜血，如同神坛上被杀死的羔羊。任何地方都找不到美狄亚。他离开屋子的时候，听见头顶传来隆隆的声音。他抬头望去，看见她坐在用魔法招来的龙车上，腾空而去，离开了她行凶的场所。要惩罚她已经是不可能的了。绝望占据伊阿宋的全身，他的灵魂深处记起了对阿布绪耳托斯的谋杀，于是，他拔剑自刎，死在了自己居室的门槛上。

人物简介：

伊阿宋：他是阿耳戈英雄们的领袖，也是埃宋的儿子和美狄亚的丈夫。

喀戎：他为半人半马的肯陶洛斯人，曾教导过众多的希腊英雄。

珀利阿斯：他是伊阿宋的叔叔，也是波塞冬的儿子。

埃厄忒斯：他是美狄亚和阿布绪耳托斯的父亲，为赫里阿斯与珀耳塞所生。

赫拉克勒斯：他是希腊神话中最伟大的英雄，为宙斯和阿尔克墨涅所生，以力大无穷闻名于世。

俄耳甫斯：他是卡利俄珀与俄阿格洛斯的儿子，以歌声闻名于世。

美狄亚：她是伊阿宋的妻子，为埃厄忒斯的女儿，也是阿布绪耳托斯的姐姐。她会魔法，为了报复伊阿宋的负心，亲手杀死了她的两个儿子。

卡尔喀俄珀：她是美狄亚的姐姐，也是埃厄忒斯的女儿。

品读赏析

本文通过气势恢宏的场面、跌宕起伏的情节、时间和空间的灵活转换,塑造了以伊阿宋和赫拉克勒斯为代表的阿耳戈英雄形象。主角伊阿宋的一生也贯串其中,他想讨回自己的王位,他抢夺金羊毛,他与美狄亚的爱情悲剧等等。故事内容丰富,情节紧凑,扣人心弦,令人印象深刻。

拓展延伸

《金羊毛》与罗伯特·索耶

侦探小说《金羊毛》是加拿大著名科幻作家罗伯特·索耶的代表作。罗伯特·索耶已出版近 20 部长篇科幻小说,曾获雨果奖、星云奖等多种科幻奖项,被誉为加拿大科幻教长。索耶的科幻小说涉及多种主题,从电脑狂魔、恐龙复活、时间旅行,到平行时空、太空侦探,小说内容想象奇特,异彩纷呈。

坦塔罗斯

宙斯的儿子坦塔罗斯统治着吕底亚的西皮罗斯。他拥有人世间的各种物品，并因他在希腊和亚洲拥有的财富而闻名于世。如果说奥林匹斯圣山的神祇曾经向一个人表示敬意，那这个人正是他。因为他的祖先是神祇，神祇们对待坦塔罗斯像一个友人一样，并允许他在宙斯的餐桌上饮宴，听神祇们的交谈。但他那虚荣的灵魂享受不了天上的福祉，所以他开始用各种方法对众神犯罪：他泄露了他们的秘密。而且他还从他们的餐桌上偷取香膏和美酒，分给在人世间的朋友。他将别人从克里特的宙斯神庙里偷来的用黄金雕铸的狗藏起来，当众神之父宙斯要他归还时，他发誓说自己没有看见。最后，他在无比的傲慢中，邀请众神到他的宫殿中来，并试探他们是否真的已经明察一切。他将自己的亲生儿子杀死，用亲生儿子的肉为他们预备酒席。只有得墨忒耳享用了这可怕的菜肴——一块人类的肩胛骨。别的神祇知道摆在他们面前的满怀恶意的食物是什么，所以便把这个孩子被割裂的肢体放入一个盆里。命运三女神之一的克罗托把他从这个盆里取出，将他恢复得完整如初——但有一个肩膀却是象牙做的！

◉ 阅读点睛

此句中"他泄露了他们的秘密"是对"犯罪"的解释。

◉ 读书笔记

坦塔罗斯由于恶贯满盈，被神祇们打入地狱，承受着苦痛的惩罚。他站在大湖中央，湖水只上升到他的下巴，他焦渴着却无法喝到半滴水。当他俯身去喝水时，水位也随之下降，以至脚下只剩一片干裂的黑土。同时他还要忍受挨饿的痛苦。在他后面的湖边上，生长着许多美丽的果树，枝叶低垂到他的头上。他一抬头便能看见硕大的蜜梨、火红的石榴、鲜红的苹果、绿色的橄榄和甜熟的无花果。但当他想要伸手摘取时，一阵大风便会把树枝吹到云中。他最可怕的痛苦则是时刻不停的对死神的恐惧。一块巨大的石头始终悬挂在他的头顶，永远威胁着要将他压得粉碎。这样，对神祇不敬的坦塔罗斯，命中注定要在地狱中永久地遭受这三种酷刑。

人物简介：

坦塔罗斯：他是宙斯的儿子，西皮罗斯的国王，因亵渎众神沦入万劫不复之地。

得墨忒耳：她是谷物女神，为莉娅和克洛诺斯所生。

克罗托：她是命运三女神之一，主要掌管纺织生命之线。

品读赏析

这个故事讲述了坦塔罗斯悲惨的一生，他原本可以与神祇们像朋友一样相处，却因为虚荣傲慢而对众神犯了罪。他对神祇不敬的种种恶行注定了他要在地狱中接受惩罚。作者详细描写了坦塔罗斯犯的错误和所受的三种酷刑，以此告诫人们要敬畏神祇，更要心存善念。

拓展延伸

"坦塔罗斯的磨难"

坦塔罗斯作恶多端、罪不容赦，惩罚终于降临到他的头上，他被天神们打入地狱，在那里遭受了三种永恒的痛苦。现在，人们常常把一个人所承受的巨大磨难和人生挑战说成"坦塔罗斯的磨难"。俄国小说家契诃夫的《一场小戏》和美国著名作家巴尔加斯·略萨的《情爱笔记》中都用到了这个典故。

尼俄柏

底比斯的王后尼俄柏有着许多令人羡慕的地方。掌管美术、文艺的九女神将一具竖琴赠给她的丈夫安菲翁，用它演奏的声音是如此的美妙。有一次，当安菲翁正用竖琴演奏时，许多石头便自动组合成底比斯的宫殿。她的父亲坦塔罗斯，也是神祇的上宾。她自己也掌管着一个强大的王国，并因她的美丽、庄严和高贵的灵魂而名声远播。但使她更欢喜的是她的十四个子女——七儿七女。人们都认为她是人间最幸福的母亲，如果不是她过于夸耀自己的幸福，她真的会如此。但她的自满最终给她带来了毁灭。

一天，忒瑞西阿斯的女儿——女预言家曼托，在街上大声疾呼，要底比斯的妇人们全部敬奉勒托和她的双生子女阿耳忒弥斯和阿波罗。她盼咐她们将桂冠戴在头上，献祭供品，并做诚挚的祈祷。当妇人们正聚集在她的周围听她说话时，尼俄柏带着她的侍从突然出现。她穿着用金线织成的长袍。虽然她的容颜美丽，但这时却面带怒色，秀发披散到肩上。她站在那些准备在露天进行献祭的妇人中间。她用傲慢的目光环视众人，说道：

"你们都发疯了吗？你们竟然敬奉如此荒诞的神祇，而忽视了在你们中间的被天国所宠信的人类。你们还为勒托建立神坛？为什么不替我神圣的名字焚香祈祷呢？我的父亲坦塔罗斯难道不是在宙斯的餐桌上唯一饮宴的人类吗？我的母亲狄俄涅和在天上像灿烂的星座一样闪耀着的七星普勒阿得斯是姊妹；我的一个先祖阿特拉斯力气大得曾将苍天扛于双肩之上；我的父亲的父亲就是万神之父宙斯，连佛律癸亚的人民都服从我的命令；底比斯的城墙是听着我的丈夫安菲翁的演奏而自己组合成的，它们都听命于我和我的丈夫；我的宫殿的每间屋子里都放满了奇珍异宝。此外，我有着女神一般的容貌，有着别的母亲所没有的值得夸耀的孩子：七个强壮的儿子和七个貌美如花的女儿。而且，不久我便会拥有同等数目的儿媳和女婿。而你们却胆敢不敬奉我而去敬奉勒托，这个提坦的毫无名气的女儿。对于她，大地曾经连巴掌大的地方都不愿拿出来让她来为宙斯生孩子，直到得罗斯的浮岛怜悯她才给她提供暂时的住处！在那里，这个可怜的东西生下两个孩子，仅仅是我丰厚收获的七分之一。谁能否认我的幸福？谁会对我能够长久享有这样的荣耀产生怀疑？即使命运女神要夺去我的财富，她们也会感到困难。即使她们要从我身边夺去我的一两个子女，那我也不会像勒托一样只剩下两个儿女。所以，把贡品拿开！摘掉头上的花！赶快散开回家去！不要再让我发现你们做这样的蠢事。"

妇人们都害怕她，她们将头上的桂冠摘掉，献祭还没有结束，就奔回家去，并用沉默的祈祷敬奉这个被得罪了的女神。

在得罗斯的铿托斯山的高峰上，勒托和她的一双子女站立着，用慧眼明察着底比斯城中所发生的一切。"看那儿，我的孩子们，"她说，"我作为你们的母亲，是如此荣幸地生育了你们。除了赫拉以外，我的地位并不比任何女神低微，难道我还要忍受这傲慢的人类对我的侮辱吗？除非能够得到你们的帮助，否则我将被人从古老的神坛上赶下。是的，尼俄柏认为你们不如她的子女，这也同样侮辱了你们！"她正在这样抱怨着，阿波罗却将她的话打断了。

"母亲，不要悲痛了，"他说，"这样只会徒然地耽搁了惩罚的时间。"他的妹妹也同样附和着。两个人立刻披着云霞，破空而过，来到底比斯的城边。

在城外有一片空地，不耕不种，只是供车马竞赛。在这里，安菲翁的七个儿子愉快地嬉戏着。最年长的伊斯墨诺斯正骑马绕圈飞奔，用一只有力的手控制着缰绳，几乎要抓住了衔在满是泡沫的马嘴里的嚼子。这时只听他忽然呻吟一声："哎哟！"缰绳便从他无力的手中滑落。此刻他的心窝中了一箭，慢慢地从马的右侧跌下来。离他最近的兄弟西皮罗斯听到空中箭翎飞鸣的声音，立即策马飞奔，就像舵手一样扬帆急驰，仿佛要到港口里去躲避暴风雨一样。但仍有一支箭射中了他的后颈,箭头从喉管处穿出。他从飞奔着的马背上跌落,满地都是鲜血。尼俄柏的另两个儿子,一个是淮狄摩斯,一个是以外祖父之名命名的坦塔罗斯,两人正在抱着胸脯,进行角力。弓弦响处,一支箭又将两人射穿。他们悲号着,肢体扭绞,在地上痛苦挣扎,眼睛模糊,同时死去。第五个儿子阿尔斐诺耳发现他们倒下,捶打着胸脯向他们跑去,双手抱着两个哥哥的冰冷的尸体,企图用自己的体温温暖他们。但当他正在用这样的方式表达他的爱时,阿波罗却对他发出致命的一箭。他从胸口上将箭拔出,流血而死。第六个儿子达玛西克同——一个有着长发的可爱的青年,被射中了膝窝。当他仰身拔箭时,第二箭却射进他张着的口中,只露箭翎在嘴外。他血流如注,倒地而亡。最后是最小的伊利俄纽斯,他还仅仅是一个孩子。他看见他的哥哥们一个接着一个地死去,于是双膝跪下,张开两臂,向神祇发出祈求:"神祇啊,所有的神祇,请饶恕我吧!"即使最残忍的射手也会在感动之余产生同情,但那时已经太晚了,射出的箭已经无法收回,这孩子倒地身亡,但却没有遭受痛苦,因为箭头正射在他的心上。

这不幸的消息很快就在全城散布开来。当安菲翁听到这令人心碎的噩耗时,他将剑刺入自己的心脏,自杀死了。那些仆人和人民的大声悲号马上传进尼俄柏的宫室中。很长时间她都无法理解这些不幸为何会降临在她的身上。她狂奔到旷野上,伏在孩子们冰冷的尸体上,一个接一个地亲吻着他们。最后她向天空举起无力的手并哭诉着:"尽管幸灾乐祸地注视着我的不幸吧!让你那愤怒的心得到满足吧,残酷的勒托啊!我这七个儿子的死也会把我送到坟墓里去的!你打败了我,你赢了!"

现在她的七个女儿,全都穿着丧服,披散着头发,站在她们已死去的兄弟身旁。尼俄柏看着她们,惨白的脸上闪现着一种怨恨的光芒。她此刻忘记了自己的身份,轻蔑地望向天空,说:"胜利吗?不,即使我身处在不幸之中,我所剩的孩子也比你现有的还多!虽然这七个儿子都已死去,我仍是比你富有的人!"

她刚说完这句话,空中就传来弓弦的声音。每个人都战栗着,只有尼俄柏除外,因为灾祸已经让她变得迟钝了。突然她的一个女儿在自己的胸脯上拔出一支箭，倒下时还把垂死的目光投向身旁兄弟的尸体。另一个女儿急忙跑到母亲那里，想要安慰她，但一支看不见的冷箭嗖地射来，让她永远地闭上了嘴。第三个女儿刚要转身逃跑，便倒在了地上。其他的几个姐妹在俯下身去看她们已经死去的姐妹时，也同样都一一栽倒了。只剩下最小的女儿，她跑到她的母亲那里，将脸埋在母亲的双膝中，抱着她的母亲并躲藏在母亲的衣襟里面。

"留下这唯一的女儿给我吧！"尼俄柏在悲痛中对着天空哭喊，"这是我众多子女中最幼小的一个呀！"但即使她祈求得到神的饶恕，可这最小的孩子最终还是松开双手，倒在了地上。现在只剩下尼俄柏独自一人坐在她的十四个子女的尸体中间。她因悲痛而变得僵硬。她的头发不再像往昔那样在微风中飘拂；她的双颊也失去了往昔的容光；她的两眼只是在丑陋的脸上木然地盯着眼前发生的一切；血液已在她的血管中凝结，她的脉搏也停止了跳动，她的脖颈、手臂、两腿也完全硬化，甚至她的心也变成了顽石，她已失去了生命，只有僵化的眼睛还在不断地流着眼泪。一场暴风将她吹到空中，越过大海，直到她的家乡吕底亚，并且将她安放在西皮罗斯的悬崖上。在山峰上，她就那么静静地站着，已经变成了大理石的雕像，直到现在仍是以泪洗面。

人物简介：

尼俄柏：她是底比斯的王后，为坦塔罗斯和狄俄涅所生，也是安菲翁的妻子。由于对神不敬，她的儿女全被阿波罗和阿耳忒弥斯所杀。

勒托：她是阿波罗和阿耳忒弥斯的母亲。

安菲翁：他是尼俄柏的丈夫，为宙斯与安提俄珀所生。他用竖琴的魔力筑起了底比斯城。

品读赏析

这个神话故事的主角是尼俄柏,她自满,认为自己美丽、端庄、幸福;她高傲,看见底比斯的妇女们敬奉其他人时,大声斥责了她们。这种与生俱来的性格注定了她的悲剧人生。文章详细描写了她的十四个孩子死亡的全过程,也从侧面反应尼俄柏承受了无法用语言描述的悲痛。

拓展延伸

雕塑作品尼俄柏

尼俄柏大理石复制品现收藏于罗马国立美术馆,原作由斯珂帕斯创作于约公元前四世纪。这是一尊取材于希腊神话的雕塑作品,也是当时较为少见的悲剧性题材作品,原作已经不复存在了。作品通过人物外在的动作表情揭示出内在的情感,堪称是古典现实主义艺术的典范,也是作者斯珂帕斯典型的艺术特色,给人留下了深刻的印象。

情节档案

起　因：尼俄柏非常自负、傲慢，她认为自己是最幸福的母亲。当看到底比斯的妇女们都敬奉勒托和她的双生子女(阿波罗和阿耳忒弥斯)时，她感到非常不满。

经　过：面对底比斯的妇女们，尼俄柏开始夸耀自己的外貌、出身、丈夫和儿女，同时用语言侮辱了勒托和她的两个孩子。献祭还没有结束，妇女们就被吓得跑回了家。而被她侮辱的人也听到了这些话。

高　潮：阿波罗和阿耳忒弥斯来到底比斯城边，他们要惩罚尼俄柏的儿女。让尼俄柏引以为傲的十四个孩子纷纷中箭身亡，连丈夫安菲翁也难过得自杀了。而这都是尼俄柏的傲慢所致。

结　局：最后，尼俄柏独自坐在十四个子女的尸体中间，慢慢失去了生命，只有僵化的眼睛还在不断地流泪。一场暴风把她吹到了家乡吕底亚的西皮罗斯悬崖上，她变成了以泪洗面的大理石雕像。

墨勒阿革洛斯和野猪

卡吕冬王俄纽斯在丰收的季节里用新鲜的果物对神祇进行献祭：谷物献给得墨忒耳，葡萄酒献给狄俄尼索斯，油脂献祭给雅典娜，每位神祇都得到了适当的祭品。只有狩猎女神阿耳忒弥斯没有得到献祭，因为她的祭坛上没有缭绕的香烟。这样的行为触怒了狩猎女神，她决定向漠视她的人进行报复。她把一头巨大的野猪放入了国王的领土内。它的双眼喷火；它的脖颈上竖立着长长的毛；流涎的口中仿佛闪着电火，粗大的獠牙好像象牙一般。这野兽在草原和田野上肆虐，把顶楼和仓库都夷为平地，让农民无法得到预期的收获。它将葡萄和橄榄连枝带叶地吞食。即使牧人、猎犬和最凶猛的牡牛也不能抵御这怪物。

最后国王的儿子——英俊的墨勒阿革洛斯召集了所有的猎人和猎犬来捕杀这头野猪。全希腊最有名的英雄都被邀请来参加这场捕杀，其中就包括阿卡狄亚的阿塔兰塔，即伊阿索斯的女儿。她在很小的时候被遗弃在森林之中，野熊给她喂奶，后来被猎人发现，将她抚养长大。她相貌很美，但却十分厌恶男人，喜欢在山林之间狩猎。她对亲近她的男人十分敌视，甚至射杀了两个执意追求她的肯陶洛斯人。现在因为喜欢打猎，她才加入了英雄们的队伍。她戴着发带，肩上挂着用象牙装饰的箭袋，左手执着弓。在男子的眼中她的面貌好像女郎，在女子眼中，她又好像男子。当墨勒阿革洛斯看见她美丽的容貌时，他心中暗想："能成为她的丈夫该是多么幸福啊！"但他没有时间再想下去，因为危险的狩猎已经开始了。

猎人们向山坡上的古老森林进发。他们来到森林里，一些人布置好罗网，一些人放出猎犬，一些人开始寻觅野猪的踪迹。最后他们来到一处被急流冲蚀形成的陡峻的峡谷中。峡谷里面长满了浓密的草丛、芦苇和水杨，这里便是野猪的巢穴。猎犬的狂吠惊动了野猪，它从树林中奔跑出来，好像从浓云中穿过的闪电一般，一直冲到人群中。青年们全都高声叫喊，执矛刺杀，但野猪却灵活地避开他们的攻击，且将猎犬冲散。枪矛不断地向它投去，但只是擦破它的厚皮，使它变得更加暴怒。它的眼中闪烁着火光，腹部一起一伏，突然向着猎人们的右侧猛冲过去，就像是从投石器掷出的石块一样，将三个人冲倒后便立刻咬死他们。第四个人涅斯托耳，那命中注定要成为一个大英雄的人，爬到野猪用来磨那可怕獠牙的一株橡树上解救了自己。孪生的两兄弟波吕丢刻斯和卡斯托耳则骑着雪白的战马追击野猪，就在他们的矛将要投中它时，它逃到人不能进入的密林之中。这时，阿塔兰塔在弓弦上搭上利箭，从橡树上射中这个怪物。箭头射入它的耳根，此刻它头上的毛沾满了鲜血。墨勒阿革洛斯首先看到伤口，他欢欣地指给他的同伴看。"阿塔兰塔呀，"他叫唤着，"只有你才配拥有勇士应得的嘉奖！"男子们发觉胜利被一个女子夺去，都感到了羞耻。大家立刻掷出他们手中的矛。但由于长矛像雨点般一阵乱发，竟没有一支长矛击中野猪。

现在阿卡狄亚人安开俄斯骄傲地用双手举起手中的双刃战斧准备奋力一击，但还没有砍到野猪，野猪已用獠牙戳进他的胸部，让他的内脏流了一地，最后他死在血泊之中。伊阿宋也投出他的矛，不但没有命中，反而斜掠而过，击中了刻拉冬。最后，墨勒阿革洛斯连投两矛，第一矛刺在地上，第二矛才射入野猪的背部。这野兽暴怒，绕着圈子跑，口中不停地吐着血沫。墨勒阿革洛斯又在它的脖子上刺了一枪，此时各种枪尖也从四面八方向它刺来。受重伤的野猪垂死挣扎，在

血泊中不停翻滚。墨勒阿革洛斯用一只脚踏住它的头,用利剑将野猪的厚皮剥下,他把野猪的皮、头和獠牙献给了勇敢的阿塔兰塔。"请收下这些战利品,"他说,"这些是我应得的,但你也应该分享我的这些荣耀。"

将这样的殊荣完全归功于一个女人,猎人们都感到十分气愤,大家开始愤愤不平起来。墨勒阿革洛斯母亲的几个兄弟,即忒斯提俄斯的儿子们开始向阿塔兰塔挥舞着拳头,并大声地威胁她道:"女人,马上放下你手中的这些战利品!"他们大声叫喊:"那原本是属于我们的,别妄想骗去它们。你的美貌和那个将礼物无故送给你的痴情汉都救不了你。"说着,这几个兄弟就抢去她手中的猪头和猪皮,他们认为墨勒阿革洛斯并没有权力对战利品进行处置。墨勒阿革洛斯忍不住怒火中烧,并大声喊道:"你们这些强盗呀,让你们知道我的行动要远远胜过你们的威胁。"他的舅舅们还来不及知道这句话的意思,他就拔剑逐一将他们刺死了。

墨勒阿革洛斯的母亲阿尔泰亚正要去神庙献祭神祇,感谢她的儿子的得胜。这时,她的兄弟们的尸首却被抬了回来。她悲痛地捶着胸,急忙赶回宫里,换下喜庆的金袍,穿上悲哀的黑服,全城也笼罩在悲愁之中。后来,她听闻凶手竟是她的亲生儿子!她擦干眼泪,心中的悲哀变成行凶的念头。她想起了尘封已久的一件事。

墨勒阿革洛斯出生后不几天,命运三女神便出现在他母亲的床边。"你的儿子将是一位勇敢的英雄。"第一个女神预言道。"你的儿子将是一个伟大的人物。"第二个女神又预言道。"你的儿子,"第三个女神接着说,"会活下去,直到炉子上的那块木片烧成灰烬。"三女神刚一消失,阿尔泰亚就急忙从火炉里取出那块木片,用水将它浇熄,

> ● 阅读点睛
>
> 此句起到引起下文的作用,设置悬念。

● 读书笔记

因为担心着儿子的生命安全,她将木片藏在密室之中。

此刻,她在复仇的愤怒中想起这块木片,便马上来到封锁着的密室之中。她点燃炉火,当火焰熊熊燃烧时,她将木片从密室中取出。但在她的心里,母子之间的爱和兄弟姐妹之间的爱激烈地冲突着。她的面色时而惨白,时而又变得通红。她四次伸出手去想要把木片投入烈火之中,却又四次缩回她已经伸出去的手,最后,兄弟姐妹之间的爱取得了胜利。

"眼睛望着我,"她说,"复仇的女神啊!看着这献给你的祭品!而我的兄弟们的灵魂,那些才离开身体的灵魂啊,你们知道我正在为你们做的事情。接受我不幸的亲生骨肉,让他成为你们安葬的祭品吧。啊,这是如此昂贵的祭品呀!我的心因为母亲对儿子的爱而破碎,不久我也将随他而去。"她这样说着,转过头去,颤抖的手指将木片投掷在火炉中。

这时,墨勒阿革洛斯回到城里,内心掺杂着恋爱、胜利和犯罪的心情。突然,他觉得内心犹如火烧,他痛苦地倒在床上。他像一个英雄一样忍受痛苦,却后悔自己不曾临阵而死,心中不由得羡慕和野猪搏斗而死的同伴们。在悲痛中,他呼叫着他的姊妹、他的兄弟、他的年迈的父亲和仍然站在火炉旁木然地望着火焰焚烧木片的母亲。他的痛苦随着火焰的燃烧而增加,当火焰逐渐熄灭,除了白灰外一无所有时,他的痛苦也逐渐减少。当最后的一个火花完全消失时,他也停止了呼吸,灵魂早已离开了他的身体。他的父亲、他的兄弟姊妹和全卡吕冬人都在他的灵车旁对他进行哀悼。但他的母亲却不在其中,因为他们发现她时,她已缢死在只有余烬的炉子旁边。

人物简介:

墨勒阿革洛斯:他是狩猎卡吕冬野猪的著名英雄,为俄纽斯和阿尔泰亚所生。

阿塔兰塔:她是阿耳忒弥斯的同伴,为伊阿索斯和克吕墨涅所生。

阿尔泰亚:她是墨勒阿革洛斯的母亲,也是卡吕冬王俄纽斯的妻子。

品读赏析

这是一个骨肉相残的故事,墨勒阿革洛斯杀死了自己的几个舅舅,他的母亲阿尔泰亚为了给兄弟报仇,用神谕的方式杀死了自己的儿子。文中对阿尔泰亚的情绪的描写最为精彩,她得知儿子杀死了野猪感到很高兴;听说儿子杀死了自己的兄弟痛苦不已;在为兄弟报仇时犹豫不决、痛苦难耐。

拓展延伸

墨勒阿革洛斯

墨勒阿革洛斯首次在历史中登场在公元前335年,他参加了亚历山大远征盖塔人的战争,后来在格拉尼库斯河战役中率领一营的马其顿方阵步兵,并在整个远征期间担负这个军职。他曾经与科那斯、塞琉古之子托勒密一同带着马其顿士兵从卡里亚返乡过冬,并在第二年夏天与亚历山大于戈尔迪乌姆会合。他也参与了伊苏战役、高加米拉战役,并与克拉特鲁斯一同把据守波斯要道的阿契美尼德帝国军队逐出。

海伦被劫

当特洛伊国王普里阿摩斯还是一个小孩子的时候，赫拉克勒斯将普里阿摩斯的父亲拉俄墨冬杀死了，并占领了特洛伊，并将普里阿摩斯的姐姐赫西俄涅当作战利品抢走，然后将她当作礼物转赠给他的朋友忒拉蒙。虽然英勇的忒拉蒙让她成为自己的妻子并封她为萨拉米斯的女王，但这次掠夺仍让普里阿摩斯和他的家族耿耿于怀。有一次，王宫里重新提起这次劫掠的话题，普里阿摩斯便陷入对身在远方的姐姐的深深思念之中。这时王子帕里斯表示，如果给他一支舰队前往希腊，通过神的帮助便能使用武力把父亲的姐姐从敌人那里抢回来，而且凯旋。他把希望寄托于女神阿佛洛狄忒的身上，因此他对父亲和兄弟们讲述了他在放牧时遇到的事情。普里阿摩斯此刻不再对他的儿子帕里斯得到上天的特别庇护产生怀疑，就连得伊福玻斯也已经完全相信，如果他的兄弟带领全副武装的武士出现在希腊人面前时，他们一定会向他赔罪谢恩，并将赫西俄涅完好无损地交还给他。

但在普里阿摩斯众多儿子之中还有一个名叫赫勒诺斯的预言家。他此时突然说出预言，并确定如果他的兄弟帕里斯带回一个希腊女人，那么希腊人就会来到特洛伊，将这座城市彻底毁灭，而且会把普里阿摩斯的所有儿子全部杀死。这个预言在会议上引起了不小的争论。王后赫卡柏的最小儿子特洛伊罗斯对他哥哥的预言根本不去理会，并痛斥他哥哥的懦弱，他认为不能被战争的威胁所吓倒。其他人都显得犹豫不决，只有普里阿摩斯支持他的儿子帕里斯，因为他深切思念他的姐姐。

于是，国王召开了一次国民大会。在会上普里阿摩斯大声宣称，他从前曾经派遣过一个使者团在安忒诺耳的率领下前往希腊，要求他们归还被掠夺的姐姐并认罪，然而安忒诺耳被屈辱地赶了回来。但现在他认为，如果全体人民同意，就让他自己的儿子帕里斯率领一支雄壮的队伍前往希腊，用武力去得到那些用善意得不到的东西。为了表示对这项提议的支持，安忒诺耳站起身来，愤怒地诉说了他本人在希腊所承受的屈辱，并描述了希腊人在和平时期的傲慢无礼和在战争中的软弱无能。

他的此番言辞激发了人民的狂热，他们高喊着要对希腊发动战争。但聪明的国王普里阿摩斯却知道这件事不应该草率行事，他要求在场的每一个人都将心中对这件事的一个忧虑说出来。这时，特洛伊最年长的一个老人潘托俄斯站了出来，他述说了他那受过神谕教导的父亲在他还是一个年轻人时听说的事情：如果拉俄墨冬家族中一个国王的儿子从希腊带回一个妻子，那特洛伊人就会陷入被完全毁灭的境地。"因此，"这个老人结束时说，"别让我们被虚幻的战争荣耀所迷惑，朋友们，我们宁愿在安宁和和平中度日，也不希望在战争中冒险，那最终会使我们丧失自由。"但人民对他的提议纷纷表示不满，他们向国王高喊，不要听从这个老人的胆怯言辞，应该去做他心中已经决定好了的事情。

于是，普里阿摩斯下令准备战船并让他的儿子赫克托耳到弗里吉亚去，派得伊福玻斯和帕里斯到邻国斐俄尼亚去，征调盟国的士兵。同时，国王也将特洛伊能拿起武器的男人全都动员起来准备参加战争，这样不久就集结了一支强大的军队。国王任命他的儿子帕里斯做这支军队的统帅，要他的兄弟得伊福玻斯、潘托俄斯的儿子波吕达玛斯以及他的亲戚英雄埃涅阿斯来辅佐他。这支强大的舰队从大海出发，朝希腊岛屿基西拉驶去，他们首先想在那里登陆。这支舰队在中途遇到了斯巴达国王墨涅拉俄斯的船队，他们正向皮罗斯进发，去拜访贤明的涅斯托耳。墨涅拉俄斯看到这支壮观的舰队时感到十分惊讶，而特洛伊人发现这支华美的船队时也是十分好奇，这支船队装饰得格外富丽堂皇，它所乘载的显然是希腊有名的王公。但双方互不认识，每一方都在思

阅读点睛

分道扬镳：道：道路；镳：马嚼子；扬镳：驱马向前，分路而行。比喻志趣不同，各走各的道路。

索着对方要驶向何处，他们就这样擦身而过，**分道扬镳**。

特洛伊舰队十分顺利地抵达了基西拉岛。帕里斯要从这里向斯巴达进发，并同宙斯的儿子卡斯托耳和波吕丢刻斯进行交涉，希望能够接回赫西俄涅。如果希腊的英雄们拒绝归还赫西俄涅，那他就会按照父亲的指令，将舰队开往萨拉米斯，用武力夺取。

但帕里斯在前往斯巴达之前，先要在一座供奉阿耳忒弥斯和阿佛洛狄忒的神庙中献上自己的祭品。

这时，岛上的居民把这支强大舰队出现的情况向斯巴达的统治者进行了通报，此时恰好斯巴达的国王墨涅拉俄斯不在而由王后海伦主持政局。海伦是勒达和宙斯的女儿，是波吕丢刻斯和卡斯托耳的妹妹，是那个时代最美的女人。当她还是一个温柔的小女孩时，她就被忒修斯抢走，但很快又被她的哥哥抢了回来。当她在继父斯巴达国王廷达瑞俄斯的身边长成一个如花似玉的少女时，她的美貌吸引了大批求婚者。可是国王却十分害怕，如果她选择其中一个人做女婿，那么其他所有的人就会成为斯巴达国王的敌人。于是，希腊众英雄中最聪明的伊塔卡国王奥德修斯给他出了个主意：所有求婚者必须盟誓为证，将会用手中的武器来保护被选中的新郎，来反对任何一个由于这次婚姻而对国王心生敌意的人。廷达瑞俄斯接受了这个建议，他让所有的求婚者都立下誓言。于是，他挑选了阿特柔斯的儿子墨涅拉俄斯做他的女婿，并把斯巴达这片国土交给他管理。海伦为她的丈夫生了一个女儿叫赫耳弥俄涅。当帕里斯向希腊进发时，这个女婴还躺在摇篮里。

在丈夫不在的这段时间里，美丽的王后海伦独自一人在宫殿里百无聊赖地消磨着时光。现在，她得到通

阅读点睛

此句是对海伦外貌的描写，为后文帕里斯被海伦的美貌所折服埋下伏笔。

报,说有一个异国王子率领一支舰队到达基西拉岛。她被好奇心所驱使,想要见见这个陌生人和他的武装随从。先前,她也曾在基西拉岛上的阿耳忒弥斯神庙里举行过一次庄重的祭祀。当她踏入庙堂时,正碰上帕里斯奉献完他的祭品。当帕里斯看到王后走进来时,他立刻垂下了因为祈祷而举起的双手,并且由于惊愕而显得茫然失措,因为他以为自己看到了阿佛洛狄忒本人。他早就对海伦的美貌有所耳闻,帕里斯一直希望能在斯巴达目睹她的风采。但他认为爱神曾许诺给他的女人一定比别人口中的海伦要美丽得多,而且他认为爱神许诺给他的女人一定是个少女,而非其他人的妻子。但现在,他亲眼看到了斯巴达王后,并将她的美貌和爱神许诺给他的女人的美貌做了对比,这时他恍然大悟,阿佛洛狄忒许诺给他的报酬就是眼前这个女人。他父亲的期盼,他这次征途的目的,在此刻都从他的脑海里消失得无影无踪。他认为他和他的士兵们此行的目的就是为了劫掠海伦。在他因海伦的美貌而失神伫立的同时,王后海伦也在悄悄观察这个英俊的特洛伊国王的儿子:他长着一头长发,身穿紫色和金黄色的东方式的华丽服装。她毫不掩饰自己对这位英俊王子的好感。在她此刻的思想中,丈夫的容貌已经变得黯然失色了,取代他的是眼前这个英气逼人的王子。随后,海伦返回斯巴达的王宫,并试图将这英气逼人的形象从她心中抹去,此刻她多希望那个还一直远在皮罗斯的丈夫墨涅拉俄斯能够回到她的身边,可等来的却是帕里斯本人。他带着挑选出的随从来到了斯巴达,同他的使者一起向国王的宫殿走来。虽然国王并不在,但王后海伦还是殷勤地接待了这位客人,给予他作为一个国王的儿子应有的礼遇。他精湛的琴艺、他动听的言谈和他那炽热的爱情之火搅乱了王后那颗不曾设防的芳心。当帕里斯发现她心旌摇曳时,马上就将父亲和人民的委托抛到脑后,灵魂里只剩下爱情女神赐给他的极富诱惑力的许诺了。他把那些与他一起来到斯巴达的全副武装的随从集合起来,蛊惑他们去掠夺财宝,并利用他们的帮助来实现自己的罪恶勾当。随后这伙人冲入王宫,将墨涅拉俄斯的财宝洗劫一空,帕里斯便将欲拒还迎的海伦劫往基西拉岛。

　　当他带着那些诱人的战利品在爱琴海上航行时,突然海风消失了,舰队前面的海裂成了两半。古老的海洋之神涅柔斯从水中出现,他头戴用芦苇编成的花冠,卷曲的胡须和长发上水滴不停滴落,他向舰队发出他诅咒般的预言:"不祥之鸟将始终伴随着你们的航程,该死的强盗们!希腊人马上就会带领大军追来,他们发誓要将你们这群匪徒和普里阿摩斯的王国消灭!痛苦吧,我看到无数的马匹,无数的人!雅典娜已经武装起来,她披上了盔甲,拿起了盾牌,还有她的愤怒!血腥的战争要一直持续很多年,只有一个英雄的愤怒才能阻止你们的城市被毁灭。但时日一到,希腊人的大火将吞噬特洛伊的所有房屋!"

老海神将他的预言说完,重新沉入海中。帕里斯听到后害怕极了。但当海风重新欢快地吹起来时,他躺在被劫持的王后的怀中很快忘掉了诅咒,随即整个舰队在克剌奈岛抛锚登陆。在岛上,墨涅拉俄斯的这个水性杨花的妻子自愿和帕里斯结为夫妻。两个人都把祖国和故乡抛弃了,用带来的财宝长期地沉浸于骄奢淫逸之中。多年之后,他们才双双返回特洛伊。

为了报复这一可耻的行为,希腊军队整装待发,阿伽门农和所有的高级将领一同决定,为了不错过采取和平手段解决问题的机会,要向特洛伊国王普里阿摩斯派出一个使团,就希腊人民所遭受的损失和斯巴达王后被劫一事提出责难,并要求立刻归还墨涅拉俄斯被掠走的妻子和财宝。为此,阿伽门农选出了奥德修斯、帕拉墨得斯和墨涅拉俄斯担当此项使命。尽管奥德修斯在心底将帕拉墨得斯看成是自己的死敌,但为了共同的利益仍服从这个以经验和理智在希腊军中受到高度敬重的国王的安排,并接受了让帕拉墨得斯在国王普里阿摩斯的宫廷中当发言人的决定。

特洛伊人对于一个拥有一支宏伟壮观的舰队的使团的出现极度震惊,因为他们对事情的原委还一无所知,此刻帕里斯同他抢来的妻子一直逗留在克剌奈岛上,特洛伊还没有人知道他的消息。普里阿摩斯和他的人民一致认为,帕里斯率领特洛伊军队前去索要赫西俄涅一定遇到了希腊人的抵抗,而现在希腊人到这儿来就是为了报复特洛伊人。因此希腊使节抵达城市的消息让他们变得十分紧张。

特洛伊的城门向这几位陌生人敞开了,三位希腊的英雄马上被带入普里阿摩斯的王宫,去拜见国王本人。此刻国王正同他的众多儿子及其他将领举行会议。帕拉墨得斯在国王面前慷慨陈词,并以全希腊人的名义对他的儿子帕里斯为抢走王后海伦而犯下的恶行进行了严厉斥责。随后他指出,这种不义的行为会引发一场对特洛伊的战争,接着他说出一些希腊最强大的国王的名字。在他们同战士以及成千艘战船出现在特洛伊之前,他要求特洛伊人把掠来的王后及财宝和平地交还给斯巴达。

"嗯,国王,你可能还不知道。"他继续说着,"你儿子所侮辱的是怎样一种人,他们宁愿死也不愿意他们其中的任何一个人受到一个异乡人的无理伤害。但他们希望在对这种恶行进行复仇时,不是去死而是去赢得胜利。因为他们人数众多,就像是海边的沙子,他们的身上充满了英雄气概,渴望能够洗刷掉他们的人民所受的屈辱。为此,我们的最高统帅阿伽门农,强大的阿耳戈斯君主,希腊的第一位国王,以及和他在一起的所有国王,让我来通知你们:或者交出你们劫走的王后和财宝,或者将你们毁灭。"

普里阿摩斯的儿子们听到这番话后变得怒不可遏,特洛伊的长老们纷纷拔出他们的宝剑,并不停地击打他们的盾牌,一个个显得杀气腾腾。但普里阿摩斯国王却要求他们安静下来,他从宝座上站起身来说道:"你们这些异乡人,以你们人民的名义对我们进行了如此严厉的谴责,这首先让我感到诧异,因为我对你们所说的罪行毫不知情。你们将罪名强加于我们,正是我们要对你们进行的谴责。你们的同胞赫拉克勒斯在和平时期袭击了我们的城市,将我的姐姐赫西俄涅从我们的城市抢走,并把她当作女奴送给他的朋友萨拉米斯的国王忒拉蒙。但这个男子的心地是如此善良,他将她娶为合法的妻子,而并非让她做小妾和女仆。但为了这种不光彩的掠夺,我已经两次派出使节了,而且这次是由我的儿子帕里斯率队前往你们的国家,索要我那被掠走的姐姐,以此来让我这个白发老人感到欢欣庆幸。我的儿子帕里斯到底是如何完成我的委托,他做了什么事,现在又身在何处,我都一无所知。在我的王宫里,甚至在我们这座城市里,没有一个希腊女人,这一点我是十分清楚的。因此即使我同意这样做,我也无法满足你们的要求。如果我的儿子帕里斯像我所希望的那样十分顺利地返回特洛伊,并带回一个被他掠夺来的希腊女人,那我就会将她交还给你们——如果她不请求我们将她当成一个逃亡者来加以保护的话。但即使如此也并非毫无条件,你们首先要将我的姐姐赫西俄涅从忒拉蒙手中重新交还给我!"

国王的这一番话得到普遍的赞同,但帕拉墨得斯依然桀骜不驯地说:"哦,国王,我们的要求可是毫无条件的。我们尊敬你以及你所说的话,我们确信海伦不在你的城里,但我并不怀疑她会来的。你那卑鄙的儿子将她拐走了的事实是无疑的。至于在我们的父辈时代,赫拉克勒斯所做的事情不应该由我们来负责,但现在你的一个儿子却对我们进行了严重的伤害,我们要彻底向你进行清算。而且赫西俄涅是自愿和忒拉蒙结成夫妻的,她本人甚至让她的一个儿子参加这场针对你们的不义之举的战争,他就是我们强大的王子埃阿斯。不管怎样,海伦是违反了她本人的意愿被人用武力劫持来的。感谢上天吧,你们的这个强盗在外乡停留而使你们获得了考虑时间,赶快做出最后的决定,以免时间一到生灵涂炭。"普里阿摩斯和特洛伊人都对帕拉墨得斯的傲慢言辞感到十分愤怒,但他们还是尊重了异国使节享有的权利。会议结束后,特洛伊城中一个年长的老人——贤明的安忒诺耳(埃绪厄忒斯和克勒俄墨斯特拉的儿子)护送三位使节,使他们免受市民们的咒骂,并将他们带往自己的家中,然后用高贵的礼节加以款待。三位使节回国后,希腊军队便开始向特洛伊进发。

希腊人希望通过武力来解决这场争端。

人物简介:

普里阿摩斯:他是特洛伊的国王,为拉俄墨冬所生,也是赫卡柏的丈夫和赫西俄涅的兄弟。

赫西俄涅:她是拉俄墨冬的女儿,后被赫拉克勒斯从海怪手中救出,成为忒拉蒙的妻子,生下了透克洛斯。

帕里斯:又被称为阿勒克珊德洛斯,为普里阿摩斯与赫卡柏所生。他拐走海伦,引发特洛伊战争。

得伊福玻斯:他是普里阿摩斯的儿子之一,也是特洛伊的伟大英雄之一。

赫克托耳:他是帕里斯的兄弟,为普里阿摩斯与赫卡柏所生。他也是特洛伊最勇猛的英雄,后被阿喀琉斯所杀。

墨涅拉俄斯:他是阿伽门农的弟弟,为阿特柔斯所生。他是海伦的丈夫,特洛伊战争中的希腊领袖。

海伦:她是墨涅拉俄斯的妻子,为宙斯与勒达所生,以美艳闻名于世。后被帕里斯拐走,引发了特洛伊战争。

阿伽门农:他是墨涅拉俄斯的哥哥,为阿特柔斯所生。他是特洛伊战争中希腊联军的最高统帅。

品读赏析

王子帕里斯带领军队去征讨希腊人,可他却被王后海伦吸引,不但忘记了自己的使命,还抢夺财宝和海伦,两个人过上了骄奢淫逸的生活。这也引发了希腊人的不满,他们誓要夺回失去的东西。这个故事是特洛伊战争的导火线,希腊人和特洛伊人长达十年的战争由此开始。

拓展延伸

作家笔下的海伦

在历史学家贝塔妮·休斯所著的《特洛伊的海伦:女神、女王、娼妓》一书中,海伦生活在公元前1250年左右的希腊斯巴达,她是一位势力强大的女王,支配欲极强,用袒胸露臂的方式显示她的权势和性感。她还可能是一位身强力壮、训练有素的斗士。作者休斯并没有参考与海伦有关的书,而是以青铜时代远古希腊都市迈锡尼为背景。

情节档案

❋ 请仔细阅读《海伦被劫》，在横线上填写文章的脉络。

起　因：_____
_____
_____

经　过：_____
_____
_____
_____

高　潮：_____
_____
_____
_____

结　局：_____
_____
_____
_____

希腊人

帕里斯是以一名使者的身份前往斯巴达的，可是他劫走国王妻子的行为，为后来战争的爆发埋下了隐患。

希腊英雄中有两大最强的王者：一是斯巴达国王墨涅拉俄斯；一是迈锡尼的国王阿伽门农，他是墨涅拉俄斯的哥哥。他们两人都是宙斯的儿子坦塔罗斯的后裔，他们的祖父是珀罗普斯，父亲是阿特柔斯。这是一个高贵的家族，他们不仅统治着阿耳戈斯和斯巴达，伯罗奔尼撒的其他王国也受他们的主宰。希腊各国的许多国王都是他们的盟友。

当墨涅拉俄斯得知妻子海伦被劫后，勃然大怒。他立刻动身前往迈锡尼，将这一消息告诉哥哥阿伽门农和海伦的异父姐妹克吕泰墨斯特拉。他们两人听后，也怒不可遏，并同他一起分担痛苦与屈辱。阿伽门农安慰他，并答应敦促从前曾向海伦求婚的国王王子履行他们的誓言。

兄弟两人到希腊各地，要求所有的国王王子都参加这场讨伐特洛伊的战争。率先答应这个要求的是罗得岛上有名的国王特勒泊勒摩斯，他是赫拉克勒斯的儿子，他表示愿意装备 90 条战船参战。阿耳戈斯国王狄俄墨得斯

◉ 阅读点睛

此句在文中起到引领全文的作用。

◉ 读书笔记

也爽快地同意率80条海船出征,他是神祇堤丢斯的儿子。海伦的两位兄长宙斯的儿子卡斯托耳和波吕丢刻斯闻知此事后,即刻扬帆出海,要追回妹妹海伦。当他们驶进特洛伊海岸的莱斯沃斯岛时,遇到了风暴,船只和他们两人从此失踪了。相传他们并没有遇难而死,而是被父亲宙斯召回,变成了两颗星星,成为海上水手的保护神。几乎所有的希腊国王王子都积极响应墨涅拉俄斯和阿伽门农的号召。只有两个国王没有明确表态,他们是奥德修斯和阿喀琉斯。

奥德修斯是伊塔卡国的国王,他的妻子是珀涅罗珀,他不愿为斯巴达王后的不忠而参战,从而离开自己年轻的妻子和幼小的儿子忒勒玛科斯。当帕拉墨得斯来访问他时,他便佯装发疯,赶一头驴去耕地,显得极不正常,他还把盐当作种子撒在田里。然而,这一切都没能骗过聪明绝顶的帕拉墨得斯。当奥德修斯在田里耕地时,帕拉墨得斯偷偷地来到宫殿,抱走了奥德修斯的孩子忒勒玛科斯,把孩子放到奥德修斯正要耕种的田地上。奥德修斯小心翼翼地绕开了儿子,但也说明了他并没有发疯。最后,他不得不答应出战,并献出伊塔卡及其邻近岛屿的8条战船,听从墨涅拉俄斯国王的调遣。但从此奥德修斯对帕拉墨得斯十分不满,有了成见。

阿喀琉斯同样迟迟没有做出反应。他的父亲是阿耳戈英雄珀琉斯,母亲是海洋女神忒提斯。他的母亲希望阿喀琉斯也能成为神人,便在他出生后,在夜里偷偷地用天火燃烧儿子,以此来把儿子身上流淌的父亲的人类成分烧掉,白天时,则用神药治愈儿子的伤口。珀琉斯察觉到了她的异常行为,便暗中观察她到底在做些什么。有一天晚上,珀琉斯悄悄地跟踪忒提斯,当他看到儿子在烈火中抽搐时,不禁吓得大叫起来。忒提斯的愿望也因此化为泡影,她扔下儿子,离开了王宫,躲到了海洋王国,同仙女涅瑞伊得斯住在一起。

珀琉斯以为儿子的伤很严重,便把他送到医生喀戎那里,希望能治好儿子的伤痛。半人半马的喀戎是肯陶洛斯人,他非常聪明,曾收留过许多希腊英雄。喀戎无微不至地照顾阿喀琉斯,用狮肝、猪胆以及熊的骨髓喂养他。阿喀琉斯9岁时,预言家卡尔卡斯预示特洛伊战争要是没有阿喀琉斯参战,那么城是很难攻下的。他的母亲闻知这个预言，知道在这场战争中，自己的儿子会失去生命。因此，她悄悄来到宫殿，让儿子穿上女孩的衣服，把他送到斯库洛斯岛的国王吕科墨得斯那里。吕科墨得斯见他是个女孩，便让他和自己的女儿们一起生活。随着年龄的增长，阿喀琉斯长出了胡子，他把自己男扮女装的秘密告诉了国王的女儿得伊达弥亚。两人产生了爱情的火花，阿喀琉斯成了得伊达弥亚的丈夫，直到此时，岛上的居民还以为他是国王的一个女眷。

预言家卡尔卡斯知道阿喀琉斯是战争中必不可少的人物，也知道他现在所在的地方，便透露了他的住处。于是，墨涅拉俄斯派奥德修斯和狄俄墨得斯两人去动员他参战。两人来到了斯库洛斯岛，国王热情地接待了两人，并让自己的女儿们出来。尽管两人眼力非常敏锐，但仍不知道哪个是阿喀琉斯。奥德修斯便想出一条妙计，他令人拿来矛和盾，放到姑娘们面前，并令随从吹起了战斗时的号角，结果，姑娘们都大惊失色，纷纷逃了出去，只有阿喀琉斯没有走，他勇敢地拿起矛和盾。他的身份也就因此而暴露了，只好同意参战，他将会率领耳弥冬和帖撒利人，并带着曾教过他的福尼克斯和朋友帕特洛克罗斯同行。

于是，阿喀琉斯率领50只战船前往奥里斯，它是所有的希腊国王王子和战船集合的地点，它地处攸俾阿海湾，是俾俄喜阿国的一座港口城市。瞬间，奥里斯港口聚集了希腊的所有国王和王子。他们分别是：墨涅拉俄斯；阿伽门农；奥德修斯；阿喀琉斯；忒拉蒙和厄里玻亚的儿子大埃阿斯，以及他的异母兄弟、著名的弓箭手透克洛斯；战神的儿子阿斯卡拉福斯和伊阿尔梅诺斯；雅典的梅纳斯透斯；阿耳戈斯和伯罗奔尼撒人中有斯忒涅罗斯、卡帕纽斯和欧阿德涅，以及墨喀斯透斯的儿子欧律阿罗斯；从洛克里斯来的俄琉斯的儿子小埃阿斯；从佛西斯和攸俾阿来的几位英雄；从俾俄喜阿来的几位英雄；从阿卡狄亚来的安刻俄斯的儿子阿伽帕诺耳；从皮洛斯来的三朝元老，年老的涅斯托耳；从厄利斯和其他城市来的安菲玛库斯、塔耳庇俄斯、迪俄瑞斯和波吕克珊诺斯；从罗得岛来的赫拉克勒斯的后裔特勒泊勒摩斯；从西马岛来的尼瑞乌斯，他是希腊将士中最英俊的男子；和埃托利亚人一起来的托阿斯；从菲拉克来的伊菲克洛斯的儿子帕达尔克斯和帕洛特西拉俄斯；从弗赖来的阿德墨托斯和贞洁的妻子阿尔刻提斯的儿子奥宇梅洛斯；从奥尔门尼翁来的欧律皮罗斯；从卡吕冬来的赫拉克勒斯的后裔菲迪普斯和安底福斯；从阿格律萨来的波吕帕特斯，他是庇里托俄斯的儿子，忒修斯的好友；从克里特来的伊多墨纽斯和迈里俄纳斯；从特里卡来的两兄弟帕达里律奥斯和马哈翁，兄弟两人医术高明，是阿斯克勒庇俄斯的儿子；从克福斯来的古诺宇斯以及从马克纳西亚来的帕洛托乌斯。阿伽门农被推选为联军统帅。

当时的希腊人有时被称为丹内阿人，因曾在伯罗奔尼撒的阿耳戈斯居住过的埃及国王丹内阿斯而得名；有时被称为亚加亚人，因古代希腊被称为亚加亚而得名；有时被称为阿耳戈斯人，因希腊强大的阿耳戈斯人而得名；后来，被称为格莱库斯人，因忒萨罗斯的儿子格莱库斯而得名；还被称为希腊人，因杜卡里翁和皮拉的儿子希腊而得名。

人物简介：

克吕泰墨斯特拉：廷达瑞俄斯和勒达的女儿，阿伽门农的妻子，俄瑞斯忒斯和厄勒克特拉的母亲，杀阿伽门农，后被自己的儿子所杀。

特勒泊勒摩斯：罗得岛的统治者，赫拉克勒斯和阿斯提俄刻的儿子。他也曾是海伦的求婚者之一，因而参加了对特洛伊的战争。

堤丢斯：俄纽斯和珀里玻亚的儿子，狄俄墨得斯的父亲，攻打底比斯的七将之一。

奥德修斯：希腊西部伊塔卡岛之王，曾参加特洛伊战争。战前曾加入使团去见特洛伊国王，寻求以和平方式解决帕里斯劫夺海伦所引起的争端，但没有成功。后参加特洛伊战争，以木马计打败特洛伊。

珀涅罗珀：伊卡里俄斯的女儿。伊卡里俄斯曾宣布把女儿嫁给竞赛的胜利者，奥德修斯取得了竞赛的胜利。此后，她一直忠贞于对奥德修斯的爱情。丈夫远征特洛伊失踪后，她拒绝了所有爱慕者的求婚，一直等着丈夫的归来。

珀琉斯：又称佩琉斯。忒提斯的丈夫，阿耳戈英雄之一。特洛伊战争中希腊联军主帅阿喀琉斯的父亲。

吕科墨得斯：希腊人，勒俄克里托斯的朋友。

卡尔卡斯：忒斯托耳之子，阿波罗的孙子。阿波罗赋予他预言的才能。特洛伊战争中，他是希腊人的随军卜士。

福尼克斯：阿明托耳的儿子，阿喀琉斯的教师。在阿喀琉斯与阿伽门农不合期间，他曾作为希腊人的代表劝说阿伽门农参战。

帕特洛克罗斯：墨诺提俄斯的儿子，阿喀琉斯的密友，死于赫克托耳之手，他的死令阿喀琉斯打消了对阿伽门农的愤怒，重新参战攻打特洛伊。

品读赏析

为了营救被帕里斯劫走的妻子海伦，墨涅拉俄斯和哥哥阿伽门农决定讨伐特洛伊。他们用各种方式把希腊各地的国王和王子集结在一起，组建了一支军队。本文详细描写了说服奥德修斯和阿喀琉斯参战的过程。详写和略写相结合的写作方式使文中层次分明，有辅有主，条理更加清晰。

拓展延伸

斯巴达

斯巴达是古希腊的城邦之一，位于希腊半岛南侧的拉哥尼亚平原，欧罗塔斯河西岸。在希腊语中，"斯巴达"是"可以耕种的平原"的意思。但斯巴达却以独裁统治、军国主义和严苛的纪律而闻名世界。斯巴达人骁勇善战，因此军事力量十分强大，他们多次发动侵略战争，不断对外扩张。

阿喀琉斯的愤怒

特洛伊战争第十年的时候,波吕多洛斯身亡,更加激起了双方的仇恨,天上的神祇也介入了这场人间纷争。一部分神祇站在希腊人一边,他们是赫拉、雅典娜、赫耳墨斯、波塞冬和赫菲斯托斯;另一部分神祇则同情特洛伊人,他们是阿瑞斯和阿佛洛狄忒。

阿喀琉斯被激怒的原因是这样的:当他们正准备迎接和特洛伊的决战时,阿波罗的祭司克律塞斯来到军营,恳求希腊人归还被阿喀琉斯抢走并赠给阿伽门农的女儿,他说道:"阿特柔斯和阿耳戈斯的儿子们,神祇会保佑你们攻占特洛伊的,并且平安地回到你们自己的故乡。如果你们接受我带来的赎金,归还我的女儿,我会帮助你们的。"士兵们听后,鼓掌表示同意,但国王阿伽门农却不同意,他不想归还克律塞斯的美丽女儿,并对克律塞斯生气地说:"老东西,你马上离开这里,不许你再出现在这里!你的女儿将永远是我的奴仆,我要让她整天织布!你立刻走开,别惹我发火!"克律塞斯听后,大惊失色,顺从地离开了这里,他来到海边,向天举起双手,祈求道:"阿波罗啊,您是统治这一地带的神,请听听我的苦恼吧!一直以来,我都忠心耿耿地为您服务,我祈求您为我报复阿耳戈斯人,让这些人知道您的金箭的厉害。"阿波罗听到了他的请求,愤怒不已,立刻带上弓和箭,离开了奥林匹斯圣山,前往希腊人的军营上空,射下一支支毒箭。凡是中箭的都患上了瘟疫,悲惨地死去。起初,阿波罗射中的是动物,后来,便开始射人,被射中的人相继地死去。

就这样,瘟疫的情况蔓延了九天,到第十天时,阿喀琉斯收到赫拉的启示,才召集会议,询问如何平息阿波罗的怒火,消灭军中的灾难。随军预言家卡尔卡斯说,如果阿喀琉斯能保护他,他就可以说出原因。阿喀琉斯点头表示同意。于是,卡尔卡斯说:"神祇愤怒是因为阿伽门农凌辱他的祭司克律塞斯,并不是因为我们不守誓言和不献祭品。我们一天不归还克律塞斯的女儿,阿波罗就不会善罢甘休,我们也就只能忍受灾难。只有满足他的愿望,我们才可以重新获得神祇的恩典。"阿伽门农听后,怒不可遏地说:"你这个蛊惑人心的预言家,从来没有说过一句中听的话。现在你又妖言惑众地说阿波罗愤怒的原因在于我拒绝归还克律塞斯的女儿。确实,我希望把她留在这里。但为了消除瘟疫,我愿意把她交出来。当然,有一个条件,我要求有一件礼物,用来跟她交换!"

阿喀琉斯听后,说道:"不朽的阿特柔斯的儿子,你不断地索取和交换战利品,贪婪之心日益增长。我们掠夺回来的战利品早已被分光了,现在没办法再把分出去的东西要回来。如果神祇保佑我们攻占了特洛伊城,我们愿意给你更多更好的战利品,因此,请放掉祭司的女儿吧。"阿伽门农大声地说:"真是一位勇敢的英雄啊!别耍这套把戏了,你以为你能逃过我的眼睛吗?你把自己的战利品保存得好好的,却让我交出战利品,你以为我会顺从吗?那你就想错了。以后我会从你们获得的战利品中夺取我所想要的东西,不管它是属于埃阿斯、奥德修斯,还是你阿喀琉斯的,也不管你们生多大的气,我都不在乎。这个问题以后再说吧。你们先把克律塞斯的女儿送回去吧,但要你阿喀琉斯亲自去。"阿喀琉斯怒气冲冲地说:"我的君

◉ 阅读点睛

卡尔卡斯一语道破神祇愤怒的原因,点明主旨。

◉ 读书笔记

王啊！你多么无耻自私啊！希腊人还有谁愿意服从你的调遣？特洛伊人和我并没有任何瓜葛，但为了给你的兄弟墨涅拉俄斯报仇，我跟随你，帮助你攻打特洛伊人。现在，你却忘恩负义，想要夺取我的战利品。你可知道，这些都是我夺来的！我攻占了一座座城市，但我所得到的战利品几乎都被你夺走，不如你的十分之一多。在战争中，我立下了赫赫战功，完成了艰巨的战斗任务，但你获得的战利品却是最好的一部分。好吧，我现在就离开这里，没有我，看你还能积聚多少财富！""很好啊，那就请便吧！"阿伽门农大声说，"你以为自己很了不起吗？没有你，我仍有足够的英雄；而你总是引起争端！现在，我虽然归还了克律塞斯的女儿，但你营帐里的勃里撒厄斯要给我，以此来做补偿。你最好弄清自己的身份，我才是联军的统帅，没有人可以违背我的意愿！"

阿喀琉斯怒火中烧，他踌躇着是否立刻抽刀杀死阿伽门农，但还是忍住了。突然，女神雅典娜悄悄地出现了，在他身后轻声说："你要镇静，你可以尽情地怒骂，但不要杀他。如果你听从我，我会给你更多的赏赐。"阿喀琉斯听从了雅典娜的建议，但他愤怒地说："你何曾想过和希腊最高尚的英雄们并肩战斗，你所想的不过是夺取最好的战利品，你可以从任何一个人包括我这个敢于顶撞你的人手中抢夺战利品，你真是一个伟大的国王啊！我对着这根权杖对你发誓：正如这根权杖不会再发芽一样，从此刻起，你休想再让我驰骋战场！当凶狠的赫克托耳像割草一样屠杀希腊人时，你也休想让我去对付赫克托耳！你会为你今天的所作所为而感到悔恨的！"阿喀琉斯早已把他的权杖扔在了地上，涅斯托耳竭力劝说他们两人，没有起到任何作用。最后，阿喀琉斯依然愤怒地说："随你想怎样做吧，但你休想再让我听从你的指挥，我可以把这个姑娘给你，但你休想要我船上的其他东西，否则，你的头颅的安全我可不敢保证！"勃里塞斯的女儿被阿伽门农派去的传令官塔耳堤皮奥斯和欧律巳特斯带了回去，尽管这个姑娘十分不情愿，尽管阿喀琉斯非常不舍，也无法改变事实。

阿喀琉斯悲伤不已，他来到海边，呼喊着母亲，希望母亲能够帮助他。忒提斯听到儿子的呼喊声，立刻回答道："我的孩子，是我生下了你，但你却要忍受如此多的苦难和侮辱！孩子啊，你放心吧，我会帮助你的，我亲自去找宙斯请求他的帮忙,但这可能会需要等一段时间,大概十二天吧。在这段时间里,你暂且留在这儿,不要去参加战争,也不用去理睬他们。"阿喀琉斯答应了,回到营帐里,一言不发。

奥德修斯来到了卡律塞岛,送回了祭司的女儿,祭司看到女儿兴奋不已,便朝天举起双手,请求阿波罗停止对希腊人所降的灾难。阿波罗听到后,立即终止了,并让所有的病人都康复起来。

阿喀琉斯的母亲忒提斯来到了奥林匹斯圣山,看到宙斯,她走过去,左手抱住他的双膝,右手抚摸他的下巴,这是当时的一种习俗。她说:"我亲爱的父亲啊,如果我曾经侍奉过您,并讨得您的欢心,那么请您允许我向您请求:请您帮助我的儿子吧!他也是您的外孙啊!命运女神要他的荣誉过早地枯萎。阿伽门农百般羞辱他,肆意剥夺他的战利品。我的父亲啊,您是万神之父,请您降福于特洛伊人吧,让他们胜利吧,直到希腊人重新重用我的儿子,还他的荣誉为止。"宙斯保持着沉默,忒提斯便更亲切地抱着他的双膝,低声说:"父亲,请您答应我的请求吧!或者您干脆拒绝我,这样我就知道您最不赏识的是我!"

宙斯被忒提斯缠得无奈地说:"你这是逼我和神祇之母赫拉作对啊,赶快离开吧,不要让她看见你到了这里。我点头示意,算是我对你的回答。"宙斯点头示意,却惊动了奥林匹斯圣山。忒提斯的愿望达成了,她高兴地回到了大海里。赫拉却非常不高兴,她找宙斯理论,宙斯则平心静气地说:"听从我的命令,我才是万神之主。"赫拉便不再说什么了。

人物简介:

波吕多洛斯:普里阿摩斯和拉俄托厄的最小的儿子,是普里阿摩斯最宠爱的儿子。特洛伊战争爆发后,普里阿摩斯想把波吕多洛斯打发走,不想让他参加战争。但波吕多洛斯却认为自己善于奔跑,便追击阿喀琉斯,结果被其用石块击中而死。

阿瑞斯:战神,宙斯和赫拉之子。他英勇健壮,头戴金盔,身穿青铜盔甲,手执长矛和盾牌。他勇猛无敌却又凶狠残暴。

克律塞斯:特洛伊城附近的卡律塞岛的阿波罗的祭司,克律塞伊斯的父亲。

雅典娜：古希腊神话中的战神，智慧之神。宙斯和墨提斯之女。墨提斯怀孕后，宙斯怕她生出一个比自己强大的儿女，便把墨提斯吞到肚子里，后来雅典娜从宙斯的头颅中孕育诞生。

忒提斯：海洋女神，涅柔斯的女儿之一，由赫拉抚养成人。后与珀琉斯成婚，生下阿喀琉斯。

品读赏析

在特洛伊战争中，阿喀琉斯与阿伽门农发生了争吵，阿喀琉斯公开斥责阿伽门农抢夺战利品，并表示自己拒绝战斗。他斥责阿伽门农是正确的，但是顽固罢战是不恰当的做法。其实，每个人都有自身的优缺点，应辩证地看待它们，取长补短才能更好地发展自己。

拓展延伸

阿喀琉斯

阿喀琉斯是希腊神话中的英雄，他能征善战、所向无敌，但他致命的弱点是脚踝。斯瓦布在《古希腊神话与传说》中写道：愤怒的阿波罗隐身在云雾里，拉弓搭箭，朝着珀琉斯的儿子容易伤害的脚踝射去一箭，阿喀琉斯感到了一阵钻心的疼痛，像座塌倒的巨塔一样栽倒在地上。与那个被历史神化了的英雄一样，我们每个人都有弱点。

特洛伊人的胜利

宙斯对前来圣山开会的诸神说:"今天你们任何人都不准帮助希腊人或特洛伊人,如果你们敢违背我的命令,我就会让他进入那万劫不复的塔耳塔洛斯地狱。然后我再将地狱的大铁门锁上,让他永远待在那里。如果你们怀疑我的能力,那你们不妨试试:你们大可以用一根金链拴住天宫,然后一齐用力拉,看我是否能被你们拉到地上。相反,我不仅可以拉动你们,还可以将大地和海洋全都拉上来,并将金链系在奥林匹斯圣山上,让大地永远吊在半空。"

宙斯说完,便驾着他的雷霆金车驶往伊达山,留下了众神,众神个个惊恐交加。宙斯很快到了目的地,这里有他的圣林和祭坛。他来到高高的山顶上坐下,威严地俯视着希腊人的营地和特洛伊城。双方正在做战前的最后准备。尽管特洛伊军队士兵的数量与对方相差悬殊,可他们斗志昂扬,士气大振,因为他们深知这场战争的重大意义——关乎特洛伊城的存亡与否。不久,城门大开,特洛伊的士兵如潮水般涌出,有的骑着战马,有的乘着战车,有的徒步,都大声叫嚷和呐喊。这天早晨,双方杀得难解

● 阅读点睛

万劫不复:万劫:万世。佛教称世界从生成到毁灭的一个过程为一劫。指永远不能恢复。

● 阅读点睛

祭坛:祭坛是古代用来祭祀神灵、祈求庇佑的特有建筑。

难分，互有伤亡。到了中午，仍不见胜负。宙斯找到了一个黄金做的天平，拿出两个死亡的筹码，放到两端，结果，特洛伊人那边高高地举起，希腊人的那边则倾向地面。看到这一预示，宙斯马上在希腊人的阵营里甩下了一道闪电，以此告知他们的命运将会改变。希腊人看到这个凶兆，都十分沮丧，士气顿时低落下来。甚至连希腊的国王和王子们都坚持不住了，如伊多墨纽斯、阿伽门农、大小埃阿斯。这时，只有年迈的涅斯托耳仍坚守在前线，却被帕里斯用箭射中了他的战马，这匹马受到惊吓和疼痛，嘶鸣地直立起来，倒在了地上，翻身打滚。正在涅斯托耳挥舞宝剑想把第二匹马的缰绳割断时，赫克托耳驾着战车朝他猛扑过来。在这千钧一发之际，幸好狄俄墨得斯及时赶来，救了这位高贵的老人，否则他的生命定将不保。这时，奥德修斯却逃跑了。狄俄墨得斯只好先将老人抱到自己的战车上，然后来到涅斯托耳的马前，救起涅斯托耳的马，将它交给斯忒涅罗斯和欧律墨冬。他驾着战车驶向赫克托耳，投出了自己的矛，将赫克托耳的御者厄尼俄泼乌斯的胸膛刺穿了。赫克托耳目睹了自己的朋友死在面前，伤心欲绝。他把厄尼俄泼乌斯放到战车的后面，唤来另一个御者，又朝狄俄墨得斯冲了过来。

万神之父在上面看得清清楚楚，他深知，如果赫克托耳和堤丢斯的小儿子较量，那么，他必定会死于狄俄墨得斯的手中。赫克托耳要是死了，特洛伊城就会被希腊人攻破。这是宙斯所不愿和不想看到的事情。宙斯便立即向狄俄墨得斯的战车前甩下一道闪电，涅斯托耳非常害怕，连缰绳都从手中滑掉了，他对狄俄墨得斯大声喊道："快逃跑！这是宙斯的意志，他是不会让你胜利的。"狄俄墨得斯回答说："你说得很有道理，可是，这样的话，赫克托耳将来就会自豪地对特洛伊人说：'堤丢斯的儿子被我吓跑了。'"涅斯托耳不以为然地说："现在不是担心这个的时候，况且你的英勇无敌是众所周知的，他们不会认为你是个懦夫的。"涅斯托耳一边说，一边掉转了马头。赫克托耳立刻追了上来大声喊道："堤丢斯的儿子，希腊人对你推崇备至，你逃跑的行为会受到嘲笑的，从此，他们会将你看成一个胆小鬼！希腊英雄中也不会再有你的身影了。"狄俄墨得斯的内心进行了激烈的斗争，最终，还是决定逃跑，赫克托耳在后面紧追不舍。

万神之母赫拉看到希腊人的惨败，万分焦急，便来到希腊人的保护神波塞冬面前，希望他能够援救希腊人。波塞冬没有答应，他不敢违抗兄长的意志。这时，希腊人已经溃不成军，竞相逃回营地，跑到了战船上。赫拉只好悄悄地鼓励阿伽门农，让他重新集合起惊慌失措的希腊人，才避免了赫克托耳攻入营地，放火焚烧战船的危险。

阿伽门农来到奥德修斯高大的船上，他披着光芒万丈的紫金战袍，站在甲板上，看到下面营房里的希腊人惊慌失措的情形，大声喊道："这多么可耻啊！我们希腊人坚不可摧的勇气在哪儿？我们居然被赫克托耳一个人给打退了，输掉了。他马上就会追上来，焚烧我们的战船。啊，万神之父啊，请您别让特洛伊人在这里征服我啊！别让我成为千古罪人啊！遭到万人唾弃啊！"阿伽门农不禁声泪俱下，宙斯听到后，怜悯他，于是向希腊人显示一种吉兆：一只雄鹰爪下抓着一只小鹿，将它投落在亚加亚人为宙斯建立的神坛前。

希腊人看到这吉兆，勇气倍增，大家纷纷聚集起来，英勇顽强地抵抗蜂拥而来的敌人。躲在战壕里的狄俄墨得斯跳了出来，冲到前面，与特洛伊人阿革拉俄斯正面相对。阿革拉俄斯看到英勇的狄俄墨得斯，转身想逃跑，被狄俄墨得斯一枪刺中后背。阿伽门农和墨涅拉俄斯随后冲了出来，大小埃阿斯、伊多墨纽斯、迈里俄纳斯和欧律皮罗斯紧随其后。第九个冲出来的是透克洛斯，他在异母兄弟大埃阿斯的盾牌的保护下，弯弓搭箭，射中了一个又一个的特洛伊人。他已经射倒了八个人，这时，他把箭头瞄向了赫克托耳。箭射偏了，没有射中赫克托耳，射中的是普里阿摩斯的私生子戈尔吉茨翁。透克洛斯便又射了一箭过去，但阿波罗使箭偏离了，所以，还是没有射中赫克托耳，射中的是赫克托耳的御者阿尔茜泼托勒摩斯。连续失去了两个朋友，赫克托耳万分悲痛，把他的朋友放到厄尼俄泼乌斯的旁边。另一个人前来为他驾车，愤怒地冲向透克洛斯。透克洛斯刚要弯弓搭箭，赫克托耳扔来了一块尖利的石块，砸到了透克洛斯的锁骨上，筋被砸断了，一只手僵硬地靠在踝骨旁，透克洛斯跪倒在地上。大埃阿斯连忙伸出盾牌挡住兄弟，他叫来了帮手，将呻吟不已的透克洛斯抬了出去，送到船上。

就在希腊人重新鼓起勇气反击时，宙斯又鼓起了特洛伊人的勇气。赫克托耳的双眼直冒火星，并发出雷鸣般的吼声，追击着希腊人。希腊人看到这个场面,又纷纷地逃跑,万分痛苦地祈求神祇保护。赫拉听到后,非常同情他们,对雅典娜说:"希腊人有危险了,我们就不能援救吗?他们太可怜了,赫克托耳疯狂地追击,肆意地屠杀他们!"雅典娜回答说:"是呀,我的父亲真的很残忍,就连我曾经援救他的儿子赫拉克勒斯脱离险境的事情都忘记了。现在他只喜欢忒提斯,他一看见我,就表现出厌恶的表情。但我想我会改变这个局面的,你帮我准备好马车,我即刻去劝说父亲!"宙斯知道雅典娜要来,怒火中烧,立即派伊里斯前往奥林匹斯圣山去拦阻两位女神,不让她们走近。赫拉和雅典娜听到命令后,只好返回。宙斯马上乘着雷霆金车驶来,对赫拉说:"明天,希腊人将会进一步惨败,强大的赫克托耳将会追赶希腊人,将他们追赶到船尾,逼近绝境,希腊人不得不请出备受凌辱的阿喀琉斯,这是命运女神的安排!"赫拉听后,无法反驳宙斯,悲伤不已。

特洛伊军营内,赫克托耳在给士兵们开会。他说:"如果不是夜幕降临,那么,敌人早已被我们彻底歼灭了!我们暂且待在这里,派人送来牛羊、面包和美酒。在四周燃起篝火,以防敌人偷袭。我们自己则开怀畅饮,包扎伤口。明早,我们再次进攻希腊人的船只。大家拭目以待,看看究竟是狄俄墨得斯把我从城墙上摔下来,还是我从他的尸首上剥下他的盔甲和兵器!"特洛伊人听后,欢呼雷动,做好了随时再上战场的准备。

人物简介:

伊多墨纽斯:克里特人的军事领袖,杜卡里翁的儿子,米诺斯和帕西淮的后人,特洛伊战争中著名的希腊英雄。

狄俄墨得斯:色雷斯人,阿瑞斯和库瑞涅的儿子。

厄尼俄泼乌斯:特洛伊人,赫克托耳的御者。

品读赏析

希腊人和特洛伊人这场旷日持久的战争还在继续,而且惊动了神祇,他们想干预战争,却遭到了宙斯的制止。本故事内容丰富、情节跌宕起伏,不但描写了战争的残酷,还刻画了个性鲜明的英雄形象,带给读者独特的艺术享受。最后一段看似是结尾,其实是下一次战争的开端,写作手法值得借鉴。

拓展延伸

特洛伊

特洛伊也称"伊利昂",是古希腊的殖民城市,于公元前16世纪前后由古希腊人所建,位于小亚细亚半岛西端赫勒斯滂海峡东南。根据希腊神话中的记述,特洛伊人是指那些居住在古老特洛阿德地区特洛伊城的古老公民。在传说中,特洛伊最为人所知的是它从东方及西方的港口贸易中获取的巨额财富、纺织衣物、铁器,以及它巨大的防御城墙。

俄瑞斯忒斯和复仇女神

为了给自己的父亲报仇，长大成人的俄瑞斯忒斯在神祇阿波罗的吩咐下去复仇，杀死了他的母亲及其情人。这是符合神意的，因为这是阿波罗的神谕。可是，对父亲的孝顺却使他成为杀母的凶手，这可怜的孩子的心中涌起了对母亲无限的爱。事实上，他的行为的确是不合乎天伦的，这也使他成为复仇女神的牺牲品。

希腊人十分敬畏复仇女神，把她们称为厄里倪斯，即仁慈女神。她们拥有高大的身材，血红的眼睛，头发间蠕动着一条条毒蛇。她们总是一手执着火把，一手执着由蝮蛇扭成的鞭子。她们是黑夜的女儿，像她们的母亲一样凶狠。她们总是在寻找杀害亲生母亲的凶手，并时刻跟着他，使他的良心受到痛苦的煎熬。

复仇女神在得知俄瑞斯忒斯杀死母亲后，便立即使他变得疯狂了。他离开了迈锡尼城，离开了父亲的宫殿和自己的姐姐，过着流浪的生活。在这个苦痛的过程中，他最忠诚的朋友皮拉德斯一直跟随着他，神祇阿波罗一直庇佑着他，为他抵挡咄咄逼人的复仇女神。每当阿波罗在俄瑞斯忒斯身边时，他就感到无比的平静，疯癫的症状马

> **◉ 阅读点睛**
>
> **迈锡尼城**：是一座爱琴文明的城市遗址。这是荷马史诗传说中亚加亚人的都城，由珀尔修斯所建，在特洛伊战争时由阿伽门农统治。

上就消失了。

为了躲避复仇女神的攻击,俄瑞斯忒斯经过长期的流浪,来到了特尔斐,避居在复仇女神不能进入的阿波罗神庙里,他也因此得到了安宁。

这时,阿波罗来到了俄瑞斯忒斯的身旁,看着眼前这个因长途跋涉而瘦弱不堪的年轻人,他满怀同情地说:"可怜的人啊,鼓起你的勇气继续生活吧,请你放心,我永远不会离开你的。不管我是否在你的身边,我都会时刻照顾你,绝对不让复仇女神伤害到你。虽然你仍需继续过着流浪的生活,但是你的流浪将不再毫无目的。我将在雅典为你找一个公正的法庭,在那里,你可以理直气壮地为自己辩护。所以,现在我不得不暂时离开你,我会委托我的兄弟赫耳墨斯保护你的。"

此时,复仇女神正在神庙前昏睡,这是阿波罗送给她们的礼物。可是,克吕泰墨斯特拉的阴魂突然出现在她们的梦中。她气愤地指责复仇女神说:"你们怎么可以睡觉?难道你们忘了要为我报仇吗?我是克吕泰墨斯特拉,被自己的儿子俄瑞斯忒斯杀死了,这个凶手已经逃走了。"说完,她怒吼着把复仇女神从梦中惊醒了。清醒过来的复仇女神肆无忌惮地朝神庙奔去,对阿波罗喊道:"宙斯的儿子,作为神祇,你竟然不秉公办事,私自袒护杀母的凶手,不让我们惩罚他。你觉得这是正确的行为吗?"

阿波罗大声地说:"你们赶快离开这儿。这个可怜的人是在为自己的父亲报仇,我有义务保护他。"复仇女神又声嘶力竭地诉说着自己的权力,可这一切都没有用,在阿波罗的怒吼声中,复仇女神只得退出神庙外,飞快地逃走了。

于是,阿波罗让自己的兄弟赫耳墨斯照顾好俄瑞斯忒斯和他的朋友皮拉德斯,自己则回到了奥林匹斯圣山。

赫耳墨斯保护着俄瑞斯忒斯和皮拉德斯赶往雅典,复仇女神因为害怕赫耳墨斯的金杖,只得在远处紧跟着。可后来她们的胆子越来越大,当两个人平安抵达雅典时,复仇女神已经到了赫耳墨斯的身后。俄瑞斯忒斯和皮拉德斯刚走进雅典娜神庙,可怕的复仇女神就冲了进去。

● 读书笔记

● 阅读点睛

玷污：弄脏；使有污点。多用于比喻。

俄瑞斯忒斯跪在雅典娜女神的神像前，伸出双手，哀求着说："雅典娜女神，请仁慈地收留我吧。我的双手并没有沾染无辜者的鲜血，可是我已经被复仇女神追杀得筋疲力尽了。我遵从你的兄弟的旨意，经过无数的城市和荒野来到你的身边，寻求你的庇护，请求你最公正的裁判。"

突然，复仇女神在他身后大声说："你这杀害母亲的罪犯，永远也别想找到避难所。我们沿着你的足迹追踪你，如同猎犬追逐牝鹿，跟着你滴血的脚印来到了神庙。阿波罗和雅典娜都无法使你从痛苦中解脱出来！来呀，姐妹们，让我们围着他跳舞，用我们的歌声使他陷于疯癫！"

正当她们准备跳舞时，一道神光射进了神庙。雅典娜本人站在了神庙中，神像却消失了。女神雅典娜用一双蔚蓝色的眼睛注视着面前的人群，问道："是谁胆敢闯入我的神庙，扰乱神庙的安宁？我的面前是怎样的一群人啊！一个外乡人跪在我的神像前，三个不像凡人的女人威胁着站在他的背后。告诉我，究竟发生了什么事？你们都是什么人？"

俄瑞斯忒斯仍跪在地上，吓得直哆嗦，一句话也不敢说。复仇女神立即答道："宙斯的女儿，我们是复仇女神，是黑夜的女儿。这个人是杀害亲生母亲的凶手，是他玷污了你的神坛。请你审判他吧，我们知道你是一位公正的女神，我们将尊重你的判决。"

"好吧，如果你们要我对此事进行判决，"雅典娜回答说，"这位外乡人，我想听听你对三位女神的指控有何辩驳。请先告诉我，你的家乡在哪里？你的祖先是谁？在你身上发生了什么事？你将用怎样的理由洗刷你被指控的罪孽？"

跪在地上的俄瑞斯忒斯大胆地抬起头说："雅典娜女神，我没有用双手玷污你的圣坛，因为我并没有犯下不可饶恕的谋杀罪。我是阿耳戈斯人，我的父亲是阿伽门农，也许你认识他,他是远征特洛伊的军事大统帅,他在你的帮助下摧毁了普里阿摩斯的卫城。但是,他在凯旋后却被我的母亲和她的情人杀害了,他们还篡夺了我父亲的王位,霸占了迈锡尼城。我长期流亡在外,后来回到祖国,为父亲报了仇。我并不否认,为了给自己的父亲报仇而杀害了亲生母亲。可这是你的兄弟阿波罗的神谕告诉我这么做的,假如我不去惩罚杀害父亲的凶手,我将会永远受到折磨。请公正的女神为我裁判,我的做法是否正确!"

听完俄瑞斯忒斯的话,女神沉思了一会儿,然后说:"这件案子的确奇特而复杂,也许人间的法庭无法做出最公正的判决。但我仍让人间的法官来判决,我要召集城里最正直、最睿智的法官到我的神庙里来进行审判,如果他们难以判决,最终将由我进行判决。在这期间,你们双方都要寻找证据和证人。这个外乡人可以住在我们的城里,受到我的保护。而你们这些暴虐的女神,请你们离开,不要玷污了我的神庙。在正式开庭之前,你们不要再出现在这里。"

转眼间,开庭的日期到了。一名使者将雅典娜挑选出来的法官请到了城前的阿瑞斯山上,因为这里有供奉着战神阿瑞斯的神庙。女神雅典娜、原告、被告都已经在山上等候了。这时,人群中有一个外乡人站在被告的身边,其实那是神祇阿波罗。复仇女神看到阿波罗,就吓得大叫:"阿波罗,你来这里干什么?你应该去处理自己的事情!"阿波罗回答说:"被告是我应该保护的人,因为正是我劝他杀掉母亲为父亲报仇,并告诉他那是神祇认为的虔诚的行为。他还曾逃到了特尔斐,在我的神庙里避难。我为他洗去了血污,因此,此时我应该和他站在一起。"

审判正式开始了。雅典娜站起来,首先要求复仇女神提交讼词。"我们可以直接对被告提问,"复仇女神中年龄最大的一个说道,"被告,请问你是否杀害了自己的母亲?"

"我不否认。"俄瑞斯忒斯回答说,可他早已吓得面如土色了。

"你是用什么方法杀害她的?"复仇女神继续问道。

"我用利剑割断了她的脖子。"俄瑞斯忒斯小声回答。

"是谁让你这样做的?"复仇女神继续追问。

"是一位神祇以一则神谕指示我这样做的。他就站在我的身边,他可以为我做证。在杀死克吕泰墨斯特拉时,我并没有把她看作自己的母亲,而是看作杀害我父亲的凶手。"俄瑞斯忒斯为自己辩驳道。

阿波罗为了帮助俄瑞斯忒斯辩护,也做了精彩的发言。但是,复仇女神对此进行了反驳。阿波罗细致地描述了克吕泰墨斯特拉谋杀阿伽门农的惨状,并确切地说这是滔天的罪行。复仇女神则反驳说杀害亲生母亲是不可饶恕的罪行。

当他们的辩论时间结束之后,主持审判的女神说:"现在让我们等候法官的最终判决。"雅典娜把黑白两色的小石子分给每个法官,把投放石子的小钵子放在空地中间,用栅栏围起来,然后回到首席审判官的座位上说:"黑色石子代表有罪,白色石子代表无罪,请你们做出最公正的判决。雅典的公民们,请聆听城市创建者的发言吧!今天,你们在这里开始了第一场法庭审判。今后,这种法庭将在这座神圣的阿瑞斯山上永远存在。从前,在亚马孙人反对忒修斯时,敌方的女英雄曾在这里驻扎,给战神献祭,这座山因此而得名。将来,这里就是审判谋杀亲人罪犯的法庭。法官将是城里最公正睿智的人,他们廉正、严明、无私,不接受贿赂,尽力保护所有的人民。你们都应维护它的尊严,希腊的其他地方和外国都没有这种神圣的法庭,它是我们对未来的希望。现在,请法官们站起来,记住你们的责任和誓言,为此案投上最公正的一票吧!"

法官们把小石子投进了小钵子里,当投票结束后,另一批选民站起来,数清了投入钵内的黑白小石子的数量,结果发现黑白两种石子的数量是相同的。

此时,只剩下女神雅典娜的最后一票了。她从座位上站起来说:"我是从父亲宙斯的头颅里跳出来的,并非母

◉ 阅读点睛

贿赂:1.动词,用财物买通别人;2.名词,用来买通别人的财物。

◉ 阅读点睛

此句在文中是关键句,为结果设置悬念。

亲所生，所以我维护男人的权利。我不能支持一个对丈夫不忠，又无耻杀害自己丈夫的女人。我认为俄瑞斯忒斯的行为是合理的，他杀掉的是残害自己父亲的凶手，不是自己的母亲。他应该活着！"说着，她将一粒白色石子投到了钵子里。

她回到自己的座位上，庄严地宣布："经过投票表决，俄瑞斯忒斯无罪，他获得了自由。"

俄瑞斯忒斯在雅典娜女神宣判最终结果后请求发言。他激动地说："敬爱的女神雅典娜，是你挽救了一个被剥夺了祖国的人，挽救了我的家族，所有希腊人都会赞颂你的功德。他们会说：'可怜的阿耳戈斯人俄瑞斯忒斯终于回到了祖先的宫殿，是伟大的神祇雅典娜、阿波罗和万神之父的公正挽救了他。'我即将回到我的祖国，借此机会，我愿起誓，阿耳戈斯人永远不会对雅典人发动战争。假如在我死后，我的国人胆敢不遵从这一誓言，我的灵魂将从坟墓中出来惩罚他。再见了，虔诚的雅典人！再见了，捍卫正义的女神！祝愿你们能永远幸福、繁荣！"

说完，俄瑞斯忒斯就带着朋友皮拉德斯离开了阿瑞斯山。

复仇女神看着眼前的情景，早已满腔怨气，但是她们不敢冒犯被宣判无罪的人，因为惧怕阿波罗的神力，也不敢轻举妄动。可是，她们当中的年长者还是不能接受这种判决结果。她用嘶哑的嗓音大声说："你们这些年轻的神祇竟敢践踏古老的法律。总有一天，雅典人会后悔今天的判决！你们让我们蒙受了耻辱，愤怒已使我们怨恨的毒液流淌在我们的身体里，我们将把这毒液洒在这片土地上，让你们的城市和乡村都寸草不生，风沙漫天，使瘟疫蔓延，让你们的国民承受苦难。"

● 读书笔记

● 阅读点睛

瘟疫：指流行性急性传染病。

● 阅读点睛

显赫:(权势、名声等)盛大;显著。

● 读书笔记

听到她们可怕的诅咒,阿波罗十分担忧。为了使她们平息怒气,他说:"你们不应该愤怒,这样的结果不是你们的失败和耻辱。法官的决断是公正的,钵子里黑白石子的数量是相同的。同情在这里取得了胜利!我们神祇将承担判决的责任,你们不能埋怨雅典人,不能把愤怒向无辜的人民发泄。这个决断是宙斯的旨意!现在,我用雅典人民的名义向你们保证,这座城市里的人民将年年献祭你们。在这里,你们将获得显赫的地位,享有神的荣誉,将被当作最公正的复仇女神来敬奉。"

雅典娜也对此表示赞同,她说:"请你们相信我,这座城市的人民心甘情愿地敬奉你们,为你们献祭,所有人都会歌颂你们。他们还将在国王厄瑞克透斯的神庙旁为你们建造神庙。凡是不虔诚敬奉你们的人,都将得不到福祉!"

复仇女神听到这番话,逐渐平息了怒火。她们想到可以像雅典娜和阿波罗一样在最有名望的城市里有一座神庙,这是多么至高无上的荣誉啊。因此,复仇女神的性格变得温和了,并在神祇面前庄严地发誓,要保佑雅典,使它免受干旱、洪水、瘟疫、恶劣天气的迫害,使牲畜繁衍、人民生活幸福。后来,她们还与异母姐妹——命运女神合作,用多种方式为当地人民造福。最后,复仇女神离开了雅典。雅典娜和阿波罗对她们表示感谢,并和所有的雅典人民一起唱着赞歌,欢送她们出城。

人物简介:

厄里倪斯:复仇女神,专司复仇的女神。一般认为复仇女神共有三位:阿勒克托、提西福涅和墨该拉。

命运女神:共是三位,执掌人类命运。克罗托,纺织生命之线;拉刻西斯,决定生命之线的长短;阿特洛波斯,负责切断生命之线。

品读赏析

本文通过巧妙的构思,荒诞离奇的故事情节,讲述了俄瑞斯忒斯的悲剧人生。俄瑞斯忒斯因为父报仇而杀了自己的母亲,被复仇女神纠缠得不得安宁,最后通过法官的审判而获得了自由。整个故事的进展都是由神来推动的,表现出古希腊人对神的崇拜。

拓展延伸

《俄瑞斯忒亚》

戏剧《俄瑞斯忒亚》是古希腊作家埃斯库罗斯根据神话故事改编的,它讲述了一个血亲之间冤仇相报的悲剧。埃斯库罗斯是古希腊悲剧诗人,与索福克勒斯和欧里庇得斯一起被称为古希腊最伟大的悲剧作家,有"悲剧之父""有强烈倾向的诗人"的美誉,代表作有《被缚的普罗米修斯》《阿伽门农》《善好者》等。

情节档案

起　因：为了给父亲报仇，俄瑞斯忒斯听从阿波罗的神谕，杀了自己的母亲和她的情人。这种行为惹怒了复仇女神，她们时刻跟着他，让他的良心受到痛苦的煎熬。

经　过：俄瑞斯忒斯离开了父亲的宫殿和自己的姐姐，开始了流浪生活，神祇阿波罗一直庇佑着他，为他抵挡咄咄逼人的复仇女神。后来，为了躲避复仇女神，俄瑞斯忒斯躲进了雅典娜神庙。

高　潮：雅典娜女神听他们讲述了事情的来龙去脉，决定让最正直、最睿智的法官来审判俄瑞斯忒斯。在法庭上，俄瑞斯忒斯、复仇女神和阿波罗都做了精彩的发言。

结　局：最后，俄瑞斯忒斯被判无罪，他获得了自由。这一结果使复仇女神非常生气，她们诅咒雅典的城市和乡村。阿波罗和雅典娜保证她们将在这里享有神的荣誉，才平息她们的怒火。

读后感

在古希腊这片神秘的土地上，孕育了许多奇幻瑰丽的神话故事。这些神话故事穿越了几千年的时光来到我们面前，历久弥新。

本书精选了希腊神话中最有代表性的故事，对希腊诸神的聪明才智、正直品格进行了歌颂，如拥有至高无上权力的宙斯、用智慧盗取金羊毛的伊阿宋、英勇无畏的阿喀琉斯……此外，故事情节跌宕起伏、精彩绝伦，似乎把我们带进了古希腊那个充满神秘色彩的神话世界。

在众多英雄和天神中，给我印象最深的是普罗米修斯。为了帮助人类走向文明，他竭尽全力教人类各种生存技能，并把火种带给了人类，他也因此惹怒了宙斯。宙斯把他锁在悬崖绝壁上，让他忍受饥饿、酷暑和严寒，还要遭受神鹰啄食肝脏的痛苦。普罗米修斯这种为人类无私奉献的精神令人感动，人类将永远记住他。

翻开《希腊神话故事》这本书，走进神奇变幻的世界，欣赏古希腊独特的风土人情，去战场上感受英雄们的大无畏精神吧！

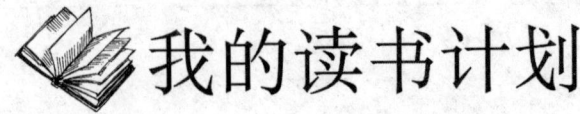
我的读书计划

我想读的书：_____

作者：_____

读书时间：_____年____月____日

我想读的书：_____

作者：_____

读书时间：_____年____月____日

我想读的书：_____

作者：_____

读书时间：_____年____月____日

我想读的书：_____

作者：_____

读书时间：_____年____月____日